一只影响世界的“猫”

谢胜瑜　主编

江西科学技术出版社

图书在版编目（CIP）数据

一只影响世界的“猫”/谢胜瑜主编. -- 南昌：江西科学技术出版社, 2024.11
（青春正能量丛书）
ISBN 978-7-5390-8602-6

Ⅰ. ①一… Ⅱ. ①谢… Ⅲ. ①随笔 - 作品集 - 中国 - 当代 Ⅳ. ①I267.1

中国国家版本馆CIP数据核字(2023)第092940号
国际互联网（Internet）地址：
http://www.jxkjcbs.com
选题序号：**KX**2023138

一只影响世界的“猫”

YI ZHI YINGXIANG SHIJIE DE “MAO”

谢胜瑜 主编

责任编辑 / 邓　莉
出版发行 / 江西科学技术出版社
社址 / 南昌市蓼洲街2号附1号
邮编 / 330009　**电话** / (0791)86623491　86639342(传真)
经销 / 各地新华书店
印刷 / 江西骁翰科技有限公司
版次 / 2024年11月第1版
印次 / 2024年11月第1次印刷
开本 / 787 mm × 1092 mm　1/16　**印张** / 12
字数 / 158千字
书号 / ISBN 978-7-5390-8602-6
定价 / 25.00元
赣版权登字-03-2024-257

我的乔治（代前言）

□文/邓莉

入冬。

天气转寒，我和曾慢同学窝在沙发上用投影仪美滋滋地看《银河补习班》。

影片中，邓超饰演的父亲带儿子来到碧草蓝天的郊外，并告诉儿子：“你为什么觉得作文难写呢？你闻闻，闻闻这青草的味道，把你的真实感受写出来，一定是一篇好作文。”

我扭头望向曾慢同学，问她：“是这样吗？”她冲我点点头，因为过去我也是这么教她的。

于是，我想写写这一年中曾慢同学把我搞哭的几件事。

晚上下班回家，我在楼下就看见家里的卫生间亮着灯。

进了家门，我问曾慢同学：“你又忘记关灯啦？怎么不长记性呢？”

“不是这样的。现在天黑得早，瓜子独自在卫生间里，你说你没回家不准放它出来，我担心它会怕黑。”曾慢同学看着我，慢慢地说道。

瓜子是一只灰色的泰迪犬。

是啊，我怎么没想到狗也可能会怕黑呢？

吃完晚饭，只要曾慢同学早完成功课，我们就会一起在社区里散步，这也是我们母女俩最自由的话题时间。

不知哪儿蹦出来的想法，我突然问曾慢同学：“你觉得自己的性格属于什么类型？”

曾慢同学回答：“我是乐观型的，但是不太坚强，跟妈妈你正好相反。”

我又问：“你的意思是说妈妈是悲观型的，但是很坚强，对吗？”她慢慢地点了点头。

似乎这是有生以来第一次有人说我坚强。

我从未想过要成为一个坚强的人。

不过，我觉得以后应该向曾慢同学学习，努力变得乐观一些。嘿嘿！

逛商场时，看到一款可爱别致的小猪佩奇胸针，我确定它是曾慢同学的“菜”，便毫不犹豫地买回家送给她。

此时，正逢我跟曾慢的爸爸“冷战”中。曾慢同学突然慢悠悠地对我说：“妈妈，我觉得你应该寻找你的小猪佩奇。”

我说：“找不到小猪佩奇怎么办呢？”

曾慢同学答：“那你还有我这个乔治啊！”

想起作家冯尘说过的一句话：“所谓父母子女一场，不过是相互滋养。我原本以为自己为你付出了一切，到最后才发现，成全的，原来是我自己。”

谢谢你，我最最可爱的乔治！

目　录

租一个菠萝过新年

幸运的“菠萝年”酸酸甜甜，希望你内心强大，在自己的领域里成为唯一那个金光闪闪的菠萝！

不要试图跟一只袋鼠打架

红袋鼠“刚子”是比较写实的，它确实可以作为主角独自生活在月球上。唯一需要注意的是，千万别惹恼了它，否则它的战斗力会让人吃不了兜着走。

懂路径积分的蚂蚁

对于蚂蚁来说，认路能力是刚需。有幸的是，蚂蚁有着令路痴们非常羡慕的超能力——它们从来不会迷路。

当小龙虾加入筑路大军

小龙虾是甲壳界的翘楚，无论是煎炒还是油炸，出锅后都让人垂涎三尺。但是，小龙虾并不满足于当食物界的“网红”，它们还想加入筑路大军。

大象的鼻子怎么那么长

为什么大象的鼻子那么长？因为大象鼻子的长度与它可以塞满嘴巴的食物总量成正比。

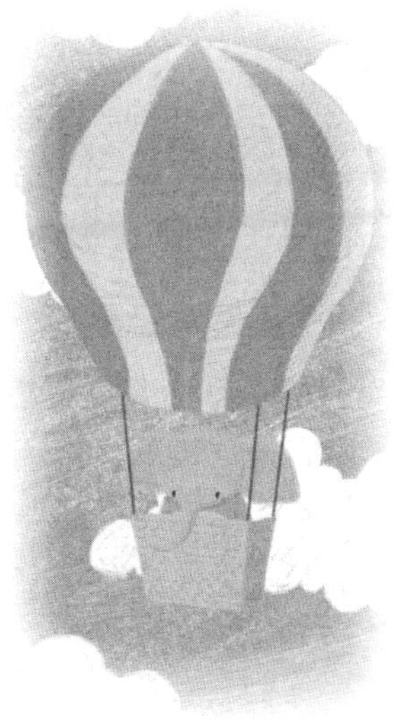

让帝企鹅在非洲草原上奔跑

如果呈现在你眼前的是帝企鹅在非洲草原上欢乐地奔跑着、非洲象在南极冰雪上慵懒地散步，你是否觉得这样的画风很滑稽，有悖常理？

租一个菠萝过新年

幸运的“菠萝年”酸酸甜甜，希望你内心强大，在自己的领域里成为唯一那个金光闪闪的菠萝！

山雀如何度过寒冬

□译/邓笛

在美国的冬天，山雀是还很活跃的一种鸟，人们经常会看到它，但是真正了解它的人并不多。它有哪些显著的行为特征，又是如何度过寒冬的呢?

山雀的英文是“chickadee”，这个单词来自山雀的叫声“chicka-dee-dee-dee”。当你在冬天的树林里行走时，或许就会听到这种叫声，如果你循声发现了那个头上戴着“黑帽子”、脖子上围着“围嘴”的声音发出者，你会发现它的身边还有许多其他的山雀，它们此起彼伏地叫着。这就是所谓的“聚众行为”，山雀们正在评估你是不是潜在的威胁者。事实上，在提供食物的人的周围，个别山雀会变得相当温顺，但当它们发现鹰或猫头鹰时，就会显得特别惊慌。

华盛顿大学的克里斯托弗·邓普顿通过实验发现，山雀的聚众行为的规模、强度与捕食者的体型和潜在威胁有关。在一个鸟舍里，邓普顿放入了15种不同的捕食者，其中，山雀对体型小巧的鹰和猫头鹰的反应最为强烈，显然这些“小个子”猛禽对山雀的威胁更大，因为它们能够在树林中灵活地穿梭。“chicka-dee”的呼叫声，是招呼其他山雀飞来并加入“报警合唱团”。山雀还会将捕食者的体型和潜在威胁等相关信息编入呼叫声，受到的威胁越大，叫声中“dee”的音会越多。山雀的聚众行为能起到击退捕食者的作用，因为猛禽捕猎成功的关键因素是出其不意，既然对方已经知道了，猎杀成功的可能性也就不大了，所以只好退出，另寻目标。邓普顿还发现，红胸五子雀已经能听懂山雀的“警告”。

冬天，山雀成群结队地在树林里漫游，红胸五子雀、啄木鸟、戴菊鸟和一些爬行动物会尾随其后。美国科普作家贝恩德·海因里希在《冬季的世界》一书中指出，每个物种都在不同的树上，或在同一棵树的不同部位觅食，或者尽量捕食不同的猎物，最大限度地减少彼此之间的竞争。它们不但互不干扰，而且不同的动物比邻相守，会形成“多眼系统”，有助于发现危险，也有助于发现食物。

贮藏食物是山雀过冬的另一种方式，它们会把动物尸体上的脂肪或几百粒种子储存在一个单独的地方。山雀有着惊人的记忆力，能够准确地找到自己贮藏食物的地点，记得哪里藏着什么样的食物，也记得哪里的食物已经被清空。研究发现，为了做到这一点，山雀的海马体（大脑中负责空间记忆的部分）在秋天会新增30%的神经细胞。到了春天，当对记忆的需求减少时，山雀的海马体就会缩小到正常状态。

即使有这些非凡的本领，山雀要度过寒冷的冬夜也是不容易的。那么，它们是怎么做的呢？这要提到山雀的羽毛。羽毛是极好的绝缘材料，山雀的羽毛很密。山雀会把羽毛蓬松起来，积蓄被身体加热后的空气，然后在浓密的针叶树上或树洞里把身子缩成球形睡觉，头埋在翅膀下面，以减少热量损失。

山雀白天进食时积累了脂肪，晚上这些脂肪会在身体里燃烧，产生热量。它们还会在夜间降低体温，使这些储备的脂肪燃烧的时间更长一些。此外，它们睡觉时会不时地颤抖，把肌肉的能量转化为热量来抵御严寒。

鲯鳅是条机智的“变色龙”

□文/柳静

变色龙为人们所周知，是一种善于变换皮肤颜色的树栖爬行类动物，通过变色以适应周围的环境来保护自己。如果有人告诉你，在广阔的大洋中有会游动的“变色龙”，你是否会感到惊讶呢？

被称为“海洋中的变色龙”的，是一种叫鲯鳅的大洋性洄游鱼类，广泛分布于热带及亚热带海域表层，在我国东海、黄海、渤海都可以看到。鲯鳅的长相清奇，鱼头特别宽，额部有一骨质隆起，背部很窄，尾部修长，末端呈燕尾形。雄鲯鳅由于头背呈方形，立陡如鬼头的脸而有了“鬼头刀”的别称。鲯鳅背部是有荧光质感的绿褐色，腹部为淡黄色，体侧散布许多青紫色小斑。从水面朝下看，鲯鳅的颜色更绿，身上的条纹和紫色斑点更清晰。但是当它饿了，身子两侧就会出现紫色条纹。雌鲯鳅体表多为鲜亮的青蓝色，伴有深浅不一的条纹，色彩鲜艳却又无比通透，美极了。

那么，鲯鳅身上的华丽色彩是依据什么变换的呢？原来，它的周身被细小的圆鳞覆盖，能够反射光线。这些立体交织的小鳞片受神经系统控制，能根据机体的兴奋程度进行调节，捕捉和反射来自不同角度的光线，呈现出彩虹般的色彩。每当鲯鳅受到方向不同、强弱不一的光线反射，鳞片的颜色就会随之改变，因此鲯鳅被称为“海洋中的变色龙”。然而，这种绚丽的颜色只出现在海水中，一旦鲯鳅死去后浮出水面，色彩就会褪去，只剩下一片灰白，这是因为鲯鳅死后，鳞片没了神经系统的控制，就显露出了原本的银灰体色。

鲯鳅被称为“海洋中的变色龙”还因为它像变色龙那般机智勇敢、机灵古怪，同时它还有其他绰号。

鲯鳅靓丽的外表反而阻碍了觅食，只要它一游动，立刻就会暴露，于是，它学会了巧妙地利用地形、物体藏身蔽体。鲯鳅选择背光的地方藏起来，等待鱼儿路过，出其不意地袭击，往往不需要花费多大力气就能饱餐一顿。有时候好几天也没有鱼儿经过，即使这样，它也很少转换阵地，常常是死守原地。而这些死守原地者，都是神机妙算的老手，这样的捕食方式使鲯鳅获得了“水下狐狸”的绰号。

海洋世界竞争残酷，光靠计谋还不行，实力也很重要。鲯鳅的看家本领就是飞快的捕食速度。它的游速可达每小时30千米至50千米，经常成群出动围捕猎物，有时甚至利用高游速飞出水面，如同一道蓝色闪电。鲯鳅一旦露面，其他水族同类只得退避三舍了，所以它又获得“飞鱼虎”的绰号。

鲯鳅独特的体态和性格，让我们见识了海洋生态系统的丰富性和多元性。

最怜滋垄麦

□文/段奇清

一丝丝细密的春雨，把家乡绿得丰姿绰约。温润的田间，飘出一串串悠扬的笛声，惊飞了麦田中的黄莺儿。在想起儿时家乡的麦子时，我又想到唐代诗人李中《喜春雨有寄》中的诗句，“最怜滋垄麦，不恨湿林莺”。

家乡的麦子分为大麦和小麦，而关于大麦，难吃的记忆清晰如昨。要做成麦饭，先得给大麦去皮，用碾子碾，使大麦成为麦米，这可不是一件容易的事。儿时，我就碾过麦米。那是月亮挂在东边天空的黄昏，我坐在碾架上，牛在前面拉，我拿着一个“碾刮子”在碾槽中刮，这是为了翻动那些麦粒。一边碾，我还时不时往碾槽中加水，让大麦泡涨，这些都是为了让麦皮容易褪去。麦米做成的饭，饭粒咬不碎，吃时满口乱跑，只能囫囵吞下，口味极差。

虽说同是麦子，小麦却是高级粮食。在家乡，拔起棉梗，便开始种麦子，乡人称作“冬播”。冬天冷，那年的小麦收成才好，即有“雪盖三层被，枕着馒头睡”的说法。在家乡还有一种说法：“冬天在麦田搭个戏台，来年麦子收成上高台。冬日时的麦苗要踩踏，越是踩踏春时越发旺。”

在春节过完后，春雨一般便会悄悄落下，那一垄垄小麦开始返青、拔节。麦苗伸出厚实苍绿、有些绒毛的叶片，宛然无数只手掌，恭敬地迎接温润如油的春雨。那雨滑溜溜的，很快就滑落到麦根，钻进有些发干发硬的土层里。要不了几天，麦地就成了美丽的风景画。这时，王维

《山中与裴秀才迪书》中的句子也会从脑海中跳出来：“当待春中，草木蔓发，春山可望，轻鲦出水，白鸥矫翼，露湿青皋，麦陇朝雊……”麦地这一幅风景画，有黛碧远山，也有池塘中跳出水面的鱼儿；“画”中有从麦地“扑”地飞出的鸥鸟，也有布谷鸟、斑鸠，以及那些叫不出名字的鸟儿，它们在麦地里啼鸣……鸟儿是麦地里飘动、跳跃的精灵。

夜晚的麦地另有一番风致。一轮皓月挂在大空，月光下的麦地宛然缥缈的仙境，境中蕴含着乡人放飞的希望，也藏有乡人荷锄耘耔的疲惫。

我想起唐代刘禹锡的诗句：“绿水风初暖，青林露早晞。麦陇雉朝雊，桑野人暮归。”诗中描写的“麦陇雉朝雊”，已不是王维给裴迪书信中的“麦陇朝雊”，此时的麦地不再是绿色，而是一片金黄。

初暖的风一吹，麦浪现出金黄色，在阳光下翻腾，仿佛整个大地皆泛着黄金般的光芒。小麦已经“响铃”了！因成熟，麦粒与粒上包壳有了间隙，风儿一吹，粒与壳两相碰撞“叮当”作响，如同无数风铃声在乡野上飘荡，乡人把这叫作小麦“响铃”。

到了“五月人倍忙”的时节，乡人的汗水开始在灼热的阳光下往镰刀上滴落，透着硬气的镰刀泛着那个时节独有的光晕。农历五月收割小麦，是一幅不同于春天的关于小麦的别致画卷，对这幅画卷，乡人是在用心灵诵读的，读出的诗情画意，一遍遍在乡人心窝里回荡。

“最怜滋垄麦，不恨湿林莺”，最喜春雨滋润麦苗，最怜爱家乡的麦地。儿时家乡的麦地，它的美丽质朴，像一幅风景画，依然挂在我的心头……

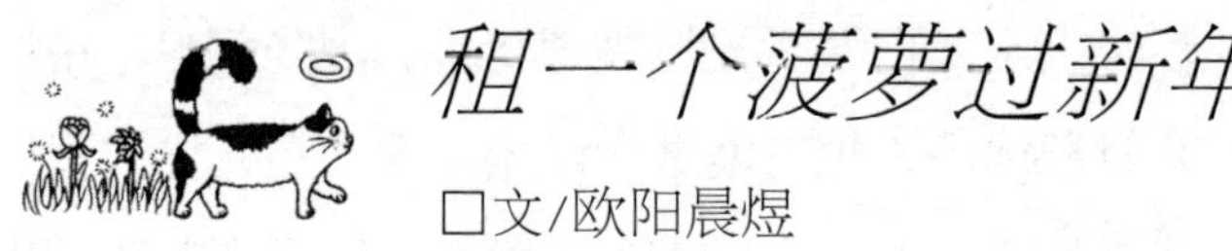

租一个菠萝过新年

□文/欧阳晨煜

叮咚，在新年的前一天，你忽然收到一个邮件，那是你心心念念排队等待许久的一样物品。你阅读着其中最重要的信息：

“租赁物：一个1千克的菠萝。

租赁时长：一顿晚宴的时间。

注意事项：承租人需保证菠萝的完整性，置于阴凉处，并于2小时内归还给租赁公司。倘若违约，则根据菠萝重量，按原价赔偿8000~10000美元。”

阅读完毕，恭喜你成功租下了一个金灿灿的菠萝。你的新年，将成为浸泡在菠萝香气和酸甜里的幸运年。

旋即，你收到了这个菠萝，它宛如一颗黄色的钻石，闪闪发光。你把它夹在腋下带回家，放在旋转玻璃圆桌的中心位置。在2个小时后，它又会被转运到其他承租人的宴会桌上，为他们开启新的一年。

上面说的可不是童话，现实中的确存在为聚会和节日服务的菠萝租赁商店，菠萝也曾是珍贵的奢侈品和艺术品，只是时间应该是17~18世纪，而你的身份应该是欧洲某个贵族家庭的一员。

第一个幸运菠萝

在17~18世纪的欧洲，菠萝宛如一个香甜的纽扣系在贵族和皇室人物的衣领上，比起它的水果属性，更多时候是发挥着体面装饰的作用，只不过它随时会被拆下挪用，因为它的数量实在是太少了。

1493年9月，航海家哥伦布开启了第二次远洋航行，从加的斯出发，又一次前往美洲。11月，他来到加勒比群岛中一个草木丰茂的火山岛——瓜达卢佩岛。岛上好客的印第安人用自己种植的热带水果菠萝款待了哥伦布和水手们。菠萝的味道如此美妙，品尝起来就像葡萄酒、玫瑰水和糖混合在一起一样。由于菠萝的外表有点像松果，哥伦布将它命名为“印第安人的小松树”，并认为它是世界上最美味的水果。

为了拥有一个菠萝，欧洲贵族们有了在自己花园里种植菠萝的美好愿望。然而，由于这种热带水果对温度要求极其苛刻，人们想在欧洲大陆种植菠萝，就必须模拟热带地区的气候和湿热条件，同时要保护其脆弱的根系。

1720年，萨里郡的马修·德克爵士的私人园艺师、荷兰植物学家亨利·特伦德设计出了一整套极为复杂的菠萝温室系统，终于成功实现了贵族们的梦想，但是，由于菠萝的种植技术极其复杂，极高的成本只有极少数贵族可以负担得起。

大大小小的菠萝社交

在17~18世纪，菠萝不是一种简单的水果，几乎由皇室和贵族专享的荣耀为菠萝披上了特殊的外衣，而其粗糙的外壳、坚硬的刺，俨然多出了几分拒大多数人于千里之外的高贵气场。

菠萝就这样成为公共场合的视觉中心，常常出现在贵族的晚宴上，但由于它的价格和特殊意义，食用显然已经不是它的正确打开方式。菠萝成为一种贵重的装饰品，用以彰显贵族家庭的财力和显赫的社会地位，出于这种需求，英国出现了大大小小的菠萝租赁公司。正常情况下，一个菠萝会被租出去很多次，周旋于各个贵族的晚宴上，直到遇到最尊贵的皇室买家，才有被食用的机会。

菠萝不仅在贵族的社交圈里流行起来，还曾多次出席英国女王举办的国宴，并且被英国国王查理二世用以向欧洲各国宣扬英格兰的海军实力。在那次宴会上，一个金灿灿的菠萝气势汹汹地置于宫廷餐桌上，由查理二世亲自切开，并从自己的盘中分给客人。这一正常礼貌的社交动作实际是为了向外国使节和贵宾展示自己至高无上的权力，即只有英国国王才能拥有对菠萝进口地——西印度群岛的裁决权。

属于你的“菠萝时代”

平平常常的菠萝，在17~18世纪迎来了属于自己的“菠萝时代”。在那个时代，菠萝掀起尊贵而甜蜜的浪潮，席卷了众多极其重要的场合，甚至成为一种图案和符号，被刻在皇室专用的刀叉上，进一步衍生出了菠萝形状的建筑屋顶、喷泉、瓷器等物品。

当时，菠萝除了是财富和权力的象征，还被挖掘出了很多文化价值。从印第安人首次赠予哥伦布和水手们菠萝以示好客和欢迎，而哥伦布回航后又将菠萝转赠给皇室，用以感谢国王资助其探险开始，菠萝就具有了安全回归、甜蜜欢迎的美好寓意。又由于菠萝味道香甜、价格昂贵、数量稀少，渐渐成为贵族间交换的高档礼物。直到现在，菠萝在一些国家也是庆祝乔迁之喜的重要礼物。

菠萝的成长经历和精神气质告诉我们：永远要重视自己的价值。我们应该站在田间高地，头戴王冠，骄傲地独立于世，但仍保持内心最初的香甜。每株植株只能产出一个菠萝，因此每个菠萝都是小范围内唯一胜出的佼佼者。在自己所处的小小领域中成为独一无二的存在，只有这样，我们才有可能迎来属于自己的“菠萝时代”。

2023年已经来到，希望这一年可以成为你幸运的“菠萝年”，希望你内心强大，在自己的领域里成为唯一那个金光闪闪的菠萝！

那条逆流而上的死鱼

□文/雷炳新

五条人乐队的代表作《活鱼逆流而上，死鱼随波逐流》深受歌迷喜爱。歌词作者用“活鱼”的“逆流而上”和“死鱼”的“随波逐流”来激励生活中的人们应该奋力拼搏、不懈追求。可是，你知道吗？在自然界中，并不是所有的“死鱼”都是“随波逐流”的，有一种鱼死后依然能“逆流而上”，它就是虹鳟。

大多数人对虹鳟并不陌生，因为它总是和美食紧密联系在一起。虹鳟肉质鲜嫩，且营养价值非常高，具有“水中人参”的美称。

在动物学分类上，虹鳟属硬骨鱼纲、鲑形目、鲑科，体长形、稍侧扁，吻圆钝，鳞小而圆，善跳跃，主要分布于加拿大、美国、墨西哥的太平洋沿岸等地。因体侧有一条形似彩虹的色带而得名。

虹鳟死了也能逆流而上，听起来有些不可思议，但这是事实。美国哈佛大学和麻省理工学院的研究者首次发现了这一现象，并最先展开了研究。他们发现，死掉的虹鳟之所以能像活着的时候一样继续游动，甚至逆流而上，是因为遵循了物理学规律。

物理学中有一个专业术语——卡门涡街。当水流或气体经过一根棒槌的时候，棒槌后方就会出现一连串左右交替的涡旋，这就是卡门涡街。当临近两个涡漩时，后方水流或气体的作用力会相互影响，由此产生的结果是：在邻近的两个涡漩之间会产生一股与棒槌方向相反的逆行水流，把附近的水流往棒槌那儿卷裹。

这股逆行的水流来到卡门涡街的末端，也就是距棒槌直径约2倍处会终止，这里就是棒槌产生的抽吸区边界，而虹鳟善跳跃，它们特别喜欢卡门涡街，经常追着抽吸区游动。

哈佛大学生物工程学家詹姆斯·廖和同事发现，在前方出现卡门涡街时，虹鳟可以在抽吸区附近不费力地左右摇摆，这种摇摆幅度很大，像在水中不停地画8字。虹鳟在卡门涡街后的潇洒走位是独一无二的，此前没有在其他鱼类中发现这一现象，所以科学家将其取名为“卡门步态”。

更诡异的是，哪怕死掉的虹鳟也可以在卡门涡街后游泳，甚至能逆流而上，其振动频率和活着的时候一样，而且动态和活鱼没什么不同。

死鱼还能潇洒走位，显然不是生物驱动的，而是水流驱动的。詹姆斯·廖通过在虹鳟的肌肉里安插电极，测试其游动所花的能量，发现在卡门涡街后面，逆流而上比在静水中躺平要容易得多。詹姆斯·廖还发现，在卡门涡街环境中逆流而上和顺流而下所需的能量相差甚微，并且不需要大脑参与，所以死掉的虹鳟也能逆流而上。当然，当虹鳟死亡时间过长，身体不再柔软的时候，也就不会逆流而上了。

海边的“银币”千万别摸

□文/王建英

夏日，人们常常会带着孩子前往海边度假，体会沙滩的细腻、海风的咸湿，在阳光和海滩中享受全身心的放松。一些游客和当地的渔民发现，在深圳的东山珍珠岛至桔钓沙的海面上，漂浮着一些非常漂亮的“银币”，可是等到人们走近后，却发现这些根本不是“银币”，而是一些水生生物。

这种情况之前没有出现过，所以当地渔民把这个情况报告给科研部门。科研人员马上前往当地进行调查，最终认定这种水生生物是原来在温度较高的海洋水域中生存的银币水母。它因漂浮在海面上时非常像银币而得名。虽然银币水母看起来挺漂亮，让人不禁产生想要捞起来看看的想法，但是科研人员警告大家，千万不要触碰它，因为它是有毒的，如果不小心触碰了，将会诱发皮肤疾病，如果触碰之后揉眼睛，还会导致眼睛发炎。

那么，这些漂亮的“毒物”是从哪里漂过来的呢？

厦门大学的一位科研人员表示，银币水母原本生活在热带和亚热带的海洋中，以浮游生物为食。这种水母常常过着群居生活。有意思的是，这些水母虽然是被动地漂流在海面上，但是它们并非毫无智商，而是有一定的分工，有的负责捕食，有的负责繁殖，有的负责让水母群更好地漂在水面上。它在东南亚地区经常出现，在我国的海南岛沿海地区也出现过，但是在广东沿海很少出现。之这次出现在广东沿海，或许和全球气候变暖所导致的海水温度上升有关系。

一般而言，银币水母是没有游泳能力的，只能被动地漂浮在海上，一旦漂浮到温度相对高一些的海域，就会开始繁殖。它原本主要在热带海域生存、繁殖，是一种“暖流生物”。然而，近几个世纪以来，全球气温持续升高，这极大地影响了海洋的水温，一些原来温度相对较低的海域，温度也明显升高，于是，一些喜好温暖环境的海洋生物开始在更广泛的海域生息繁衍了。这就是在告诉我们：像深圳海域这种原来海洋水温较低的区域，现在的确在升温了，银币水母这种“海洋温度指示器”的出现，就是非常确凿的证据。

与此同时，那些喜好寒冷海域的海洋生物，则开始向地球的两极聚集。澳大利亚的科学家观测到，一些喜好低温海域的海洋生物，在以每年7 000米左右的速度向地球的两极集中，这种情况同样出现在陆地上。可是，南北两极的情况也不容乐观，由于全球气温升高，南北两极的冰川开始大量融化，并且融化的速度在日益加快。

银币水母的出现，既给我们开了眼界，又敲响了警钟：全球气候变暖已经成为不争的事实，如果我们不能与环境友好相处，就会进一步破坏原本已经非常脆弱的生态平衡。这样下去，我们将会被迫看到越来越多史无前例的“奇观”。而当看到这些“奇观”时，我们必须非常谨慎：那些表面上看起来很漂亮的生物，很可能暗藏杀机！

给蝴蝶量体温

□文/顾静怡

鲜花盛开的日子里，蝴蝶也来凑热闹了。或许是翩翩的蝴蝶勾起了人们千奇百怪的想法，有人提出了一个前所未闻的问题：“如何给蝴蝶量体温？”对这个问题，科学家早就上了心。

在一般人眼里，蝴蝶的翅膀就像指甲或者羽毛一样，是由一些没有生命的组织构成的。但科学家发现，它上面存在很多充满生机的活细胞，其中包括输送气体与血淋巴的脉管系统和各种神经感受器，甚至能释放信息素吸引伴侣。不仅如此，科学家在显微镜下观察蝴蝶翅膀，发现了一种被称为“翼心”的有趣结构，它像泵一样收缩，以每分钟几十次的速率跳动着，输送着血液。这些“活组织”都需要适宜的温度才能正常工作。

尽管科学家已经知道蝴蝶需要通过晒太阳等方式保持温度，也知道在太阳的照射下，蝴蝶翅膀的温度会发生变化，但真的要给蝴蝶量体温，并不是一件容易的事情。蝴蝶翅膀的热容很小，这就意味着如果采用直接接触的测量方法，很容易导致测量结果不准确。有人提出用红外线热成像进行非接触测量，但科学家发现，蝴蝶翅膀在红外线中呈半透明状，普通的热成像仪根本无法得出准确的结果。为了解决这个问题，科学家对蝴蝶进行了红外高光谱成像，最终确定了它的翅膀各部分透射、反射和发射红外光的情况。

通过分析，科学家得出蝴蝶翅膀上准确的温度分布。令人惊奇的是，蝴蝶的翅膀不但有温度，而且控温有方。当被模拟阳光的光线照射时，蝴蝶翅膀的“活组织”部分相比周围“死组织”的温度总是低一些。原来，蝴蝶身体表面生长着一层细小的鳞片，这些鳞片有调节体温的作用。每当气温上升或阳光直射时，鳞片会自动张开，以缩小阳光的辐射角度，从而减少对阳光热能的吸收；当外界气温下降时，鳞片自动闭合，紧贴体表，让阳光直射鳞片，从而把体温控制在正常范围之内。这也是蝴蝶的翅膀在强烈的太阳照射下没被“烤熟”的原因。

在给蝴蝶量体温的过程中，科学家还得到意外的收获。他们不仅发现了蝴蝶翅膀自带过热检测与散热系统，还从蝴蝶翅膀上鳞片的体温调节机制上得到了启示。科学家模仿蝴蝶的鳞片，为人造地球卫星设计了一种控温系统，圆满地解决了人造卫星装置上的各种精密仪器因为温度的变化而被“烤”裂或“冻”裂的难题。

才识野樱花

□文/许冬林

早春，去江西修水县。

朋友开车载我去看大山深处的一座廊桥。在去廊桥的路上，我的目光被山上远远盛开的野樱花绊住了。

我起先不知是野樱花，只是看见乱山葱茏中不断浮起一片片粉白或粉红，以为那是杏花。我肯定那不是桃花，桃花太艳，气不静，不够野逸。

那样的一片片粉色花儿，浮在茫茫苍苍的绿色之上，显得轻盈又清寂。它像月色，疑是昨夜月明星淡之时走丢的一片月光，晨晓时没来得及溜回天上。它又像一片蒙蒙的雾——那花开得有云烟之气，让人不禁担心，仿佛风一吹，团团的花树就会倏然消隐。

我举起手机，不断地拍照。车子在深山里的公路上兜兜转转，我拍到了各种姿态盛开的花儿。它们或从山顶的岩石上探出瘦瘦的枝丫，然后疏疏地打开花朵，开得万众瞩目。它们或是密密陷身于深厚广大的绿色，倔强地举出一顶粉色，仿佛呼喊着：“我在这里，我在这里！”它们大多不成片，不是漫山遍野地盛开，而是像村落，一户一户的人家，一盏一盏的灯火，自己发光，也遥遥相望。

“那是杏花吧？”我问。

“不是。那是野樱花。”朋友淡淡一答，丝毫没有准备向我隆重介绍的意思，大约野樱花在那里实在常见。

山下溪水潺潺，山上林木苍苍，林间晨岚弥漫，这些景致似乎都远胜于野樱花的开放。

好美啊！我觉得这美里还有一种不管不顾的勇敢。彼时，山下人家的庭前院后，春气微寒，桃李尚在梦中。

我喜欢上了野樱花，像新识一个气息相投的友人，心底藏着欢喜和珍重。

离开修水时，我依旧是坐车，一路经过高低盛开着野樱花的连绵群山。我终于忍不住了，跟开车的师傅说起野樱花，想探听更多关于野樱花的细节。

“山上这么多野樱花，到夏天，你们上山的话，一定可以采摘许多野樱桃吧？”我试探着问。

“野樱花不结果子。”开车的师傅还是淡淡的语气。

“啊？怎么会呢！”

“是的，野樱花只开花，不结果。”开车的师傅毫无跟我争辩的心思。

我愕然，一时接不上话来，只觉得那晨晓时的林间烟岚漫进了我的心里，心上一片怅惘。野樱花这么美，又开得这么早，这么勇敢，竟然不结果！

我想了半天，运用我有限的植物学知识开始反驳：“野樱花不会不结果的。只要开了花，就一定会结果，否则，那山坡上零零散散生长的野樱花怎么繁殖？”

“是的，野樱花也结果，但果子又少又小，小到没人看得上，所以在我们这里，野樱花等于是不结果。”开车的师傅向我妥协了。

听闻此言，我的心像被不小心灼过，有隐隐地疼，不敢再提野樱花。仿佛一提，一段梦就碎了。

多少年了，我始终只认一个理：春天来了，花就会开；花开了，蜜蜂就会来……然后，蜜蜂会传粉，雌雄花蕊来相会，夏秋之季花树会结出甜香的果子。

我向来不知道：有时，开花也是惘然。

在早春的薄寒里，野樱花不管不顾地开，不过是囫囵着开了一场。

那月色似的野樱花，那薄雾似的野樱花，那么轻、那么白。风一抹就碎的野樱花啊，在早春开成微茫的眼神。

尘世阡陌，徐徐而行中，还有一种风景，就是：花会开，但没有结果。山里的人早认得了，我至今才知道。

江南蓼

□文/陈志宏

春发水暖，一滴酽浓的墨像天使之吻印在青嫩的叶上，细细一瞧，有画龙点睛之妙。秋来气爽，茎硬蔓修长，怒放的花儿像狗尾巴似的，一串一串，在风中招摇，因为无人问津，把秋寂都染红了。我独恋这抹红，此红名叫蓼。

蓼行四季，媚影风中飘摇，倩影水中倒映。春蓼是江南烟云蒸腾出的水之柔情，好似一脉空蒙弥漫房前屋后；秋蓼是江南邈远的天空，明丽在路旁沟边，好似一个遥远的相思梦。

一叶荡烟雨，迷离染绿；一花曳江南，风影摇红。蓼红江南，最是深情难赋，欲说还休，一说就破。只因一低头的刹那，风也错过，月也错过，无奈只能拥抱寂寞。

江南蓼花寻常见，入得歌诗来，声名远播，从古到今。千年之后，我遇见它，已了无诗意，只有不予理会的寻常、置若罔闻的淡漠。蓼草之狂如花火，秋来风燥，烧得乱红满地。蓼草之野像长了一双脚似的，满地乱爬，游荡八方，四海为家。

物以众为贱。蓼在江南，低贱到连牲畜都不吃，人们对它视若无睹。儿时，有次父亲见我低头玩泥巴，说："这是辣椒草，小心点！"我吓得赶紧收手，逃离。平素，对辣椒的感情复杂且矛盾，格外喜欢它别致的香，却又恐惧那奇异的辣。世上居然还有辣椒的近亲——辣椒草，我瞬间记住了，再也忘不掉。后来我才知，辣椒草徒有其名，其实一点儿也不辣。

我天生是个草盲，打小记住的草名屈指可数：红花草（开紫花、红花、白花的紫云英）、笔杆草（长得跟笔杆似的）、田畈草（霸满整个田畈的野草）和稗草（与稻谷争风吃醋的假稻禾苗）。这几个叫得出名的野草，安家在水田，与我相去甚远，唯辣椒草触手可及，路旁水边、墙角树下，像风一样无处不在。

写作文时提到草，我只会写杂草、野草和不知名的小草，从未想过大地上的每一种草都有自己的名字。近来知悉更多的花草树木，得益于一款App。打开App，对着花草树木一拍，详情一一呈现，像是一座移动的植物博物馆。手机里诸多App，我最爱这一个，每次打开，仿佛都是惊艳的遇见。

在我的记忆中，辣椒草是不会开花的。那时，村里人多，禽畜也多，哪有野草容身之处？不被饥饿的牲口破坏，也会被勤快的主妇铲除，晾干，塞入灶中烧掉了。

2021年5月，我去了赣南山深处的王母渡小镇，在那个名叫中排的小村子，不期然又与辣椒草相遇了。原来大山也阻挡不了它征服土地的脚步，不满足平原的辽阔，不甘心寄身低洼处，也学人一样，往高处走，一览天下风云。

我指着辣椒草对太太说：“我们那里也有这种，叫辣椒草。”

太太说：“这是蓼啊！”

蓼？怎么可能呢！那不是浸润于古诗、散发独有馨香的极品花吗？不可能是辣椒草啊！我赶紧掏出手机，打开App，拍照识草，果然是蓼，还配了明朝诗人李孙宸的诗作《蓼花》：“两岸西风拂蓼花，轻红缕粟蘸晴沙。秋怀清绝秋江晚，自绾花枝系客槎。”

蓼生江南，兄弟姐妹众多，有辣蓼、蓼兰、紫蓼、赤蓼、青蓼、马蓼、水蓼、香蓼和木蓼等，如星辰一般，倒映于江南之海。别人都是春天开花，它却寂寂地走过春夏，蓄积力气，秋天一到，突然窜出一根根迷你型红亮的“冰糖葫芦”，在秋风中招摇，近前一看，像狗尾巴一样，人称“狗尾巴花”。

蓼被有情人赋予别样的内涵——对爱不绝如缕的渴望，难怪它的花语是“依赖”。它在依赖什么呢？当然是秋风。花开秋日，红映高天，流云、归雁也为之停驻，世上多少有情人依恋这摇摆不定的狗尾巴花啊！

江南蓼啊，你心里到底藏着多少渴望、多少依赖，才揽下旷世寂寞，迟至深秋释放自己的天性——以一抹醉人的红？人人都说春花秋月多美好，而我凭栏江南风，在那串串寂寞红里，读出秋之绚烂、花之精髓。江南秋蓼和雨后初霁戴顶斗笠的春月一样，自有一番朦胧美。白居易诗云：“秋波红蓼水，夕照青芜岸。”

我儿时的辣椒草啊，青润在春，疯长于夏，盛放在不绝的秋风里，红成一串火，飘出一脉温情，摇来一丝渴望，满足人们对美的无尽想象！

被“英雄花”砸过，你就是英雄了

□文/方折竹

国产动画电影《雄狮少年》不但让人感受到舞狮的美妙，而且其中清晰可辨的植物也让人大饱眼福。

最让人过目难忘的就是男主角阿娟被半斤重的“英雄花”砸中。电影中的“英雄花”是木棉花，它生长在温暖的南方，喜欢阳光，迎着东风绽放。木棉花树干壮硕，顶天立地，花儿虽然是红色的，却不娇媚，像火一样。即便花落，木棉花也不会褪色，化成泥的前一刻仍然殷红如血。木棉花表现出来的特征正是英雄本色，因此它也被称为“英雄花”。木棉花作为行道树，生长在广州的各个角落，而这部动画电影的取景地就是广州。

师父“咸鱼强”与阿娟、阿猫、阿狗休息的长凳旁边，有一棵大树为他们遮阴，这是苹婆树。苹婆的名字大有来头，它是梵文的音译，原意指“身影”。佛教传入中国后，这个名称在不同地区经过演变后指称不同的植物，而珠江三角洲的苹婆指的就是电影中的这种大树。苹婆别称“富贵子”，属于梧桐科的常青树木，喜好温暖湿润的环境。苹婆的果实如凤眼一般，细长有势，不露瞳仁，所以又被称为“凤眼果”。

苹婆可算得上是美貌与才华并存的树，它不仅有美丽的躯干，还浑身是宝。苹婆树的种子可食，吃起来口感像栗子，但比栗子更加鲜嫩多汁。凤眼果可用来制作菜肴，凤眼果焖鸡、凤眼果烧肉等都是岭南名菜。除此之外，苹婆树的叶子可以用来裹粽子。苹婆还有极大的药用价值，姚可成在《食物本草》中记录，苹婆可以医治小儿腹痛，还有养肝胆、止咳退热和消烦降火等功效。在广东习俗中，苹婆树的果实被用作七夕节的祭品。

电影中，师父“咸鱼强”的咸鱼店门口有一棵长满紫红色花朵的树，可以确定是豆科羊蹄甲属的植物，但无法确定是宫粉羊蹄甲还是红花羊蹄甲。宫粉羊蹄甲和红花羊蹄甲外貌相似，都开着紫红色的花朵，有两种区分方法：一种是看花序，宫粉羊蹄甲比红花羊蹄甲的花序更短；另一种是看果实，宫粉羊蹄甲有果实，而红花羊蹄甲是羊蹄甲和宫粉羊蹄甲自然杂交的产物，因生殖隔离无法结出果实。红花羊蹄甲的名字可能鲜少有人听闻，但它的别称“紫荆花”却是大名鼎鼎。

榕属植物主要分布在热带和亚热带，在我国的西南部至南部、东部比较常见，动画电影《雄狮少年》中还出现了榕属植物中的黄葛树和薜荔。师父“咸鱼强”店门口右边马路的对面就有一棵黄葛树，主角阿娟参加的决赛赛场外也有几棵。黄葛树算是植物界最有个性的树，当其他植物都遵循春生冬枯的规律时，它偏偏在冬天枝叶繁茂，在春天落叶纷纷。黄葛树这样任性自然有它的道理。有研究发现，如果黄葛树在春天长新叶，那么冬天不落叶有助于将营养成分直接从老叶传送给新叶，使黄葛树在冬天也可以进行光合作用。另外，主角阿娟家墙上的藤本植物是薜荔，它喜欢生长在潮湿的环境，常见于老房子的墙上。

珠江三角洲自古以来就被人们开发为农耕区，加上广州近百年来是东南沿海的重要口岸，国外的植物也登上了广州的土地。动画电影《雄狮少年》中田野间零零星星的番木瓜、屋顶上的棒叶落地生根和小镇里最高的树木落羽杉，都是来自国外的植物。

动画电影《雄狮少年》中的舞狮令人赞叹，其中展现出的广州风土人情也令人心向往之，谁不想被“英雄花”砸中呢？

稳稳当当守拙的毛腿沙鸡

□文/王伟

毛腿沙鸡又被称为“突厥雀”，是一种体型与鸽子相仿的飞鸟，栖息地西起地中海沿岸，东至中国吉林的荒漠、半荒漠地区，通常成群结队贴地飞行觅食植物种子、浆果和嫩叶。

每年4月至7月是毛腿沙鸡的繁殖季，雌鸟会产卵2~4枚，孵化期为22~27天。雏鸟孵化出壳后，需要经过数周时间哺育，才能展翅飞翔。在此期间，雏鸟不能自行寻找食物和水。

荒漠中最珍贵的不是食物，而是水。每到清晨和黄昏，毛腿沙鸡长途飞行到水源地喝水，雄鸟还要担负给雏鸟取水的任务。雄鸟走进水塘，一边低头连续喝水，一边将腹羽浸没在水里，自己喝完水后立即振翅飞回巢穴。雏鸟争先恐后围拢过来，雄鸟张开翅膀站立，雏鸟用喙左右扫动挤压雄鸟湿润的腹羽，汲取其中的水分，整个过程大约持续15分钟。

毛腿沙鸡如此费时费力地取水，能给雏鸟带回多少水呢?

鸟的羽毛由中间的羽轴和两侧分支状的羽枝组成，在羽枝之间又分生出很多纤细的羽小枝。跟其他鸟不同，毛腿沙鸡腹羽的羽小枝基部呈螺旋状，在干燥状态下，相邻的羽小枝互相缠绕在一起，遇到水之后，卷曲的羽小枝便会吸水展开，沿着羽片垂直的方向舒展，纤细而致密的羽小枝紧密排列，形成一道蓄水层，彼此之间只留有微小的缝隙，如同细细的玻璃管，在毛细原理的作用下，水分便被保存在羽小枝的间隙中。同时，毛腿沙鸡腹羽的羽小枝顶端还生有毛刺一样的微小附属结构，遇水同样会舒展开来，辅助留存细小的水珠，尽可能将更多的水蓄积在羽毛中。纵使有如此精密的构造，雄鸟平均每次也只能带回20毫升的水，但对口渴难耐的雏鸟至关重要。雄鸟每天要往返巢穴和水源地3~5次，才能给雏鸟解渴。再次取水之前，雄鸟会在沙土上用力摩擦腹部羽毛，让其尽快干燥，恢复吸水的能力。

从物竞天择的进化角度来看，毛腿沙鸡的取水方式很低效，是不符合生物进化规律的，它完全可以通过改变身体形态构造或行为方式来提高取水效率，可是，毛腿沙鸡的食道并没有演化出类似远亲鸽子的嗉囊，也不能像其他鸟类那样更多地汲水回来用嘴哺育雏鸟。毛腿沙鸡浸透腹羽取水的方式，能大大缩短暴露在天敌面前的喝水时间。荒漠中水源地很少，掠食动物往往守候于此，在水源地附近筑巢虽然简便，但无异于火中取栗，成年鸟遇到危险可以飞走，雏鸟和鸟蛋只能坐以待毙，因此，毛腿沙鸡的巢穴一般距离水源地10千米以上。

针对湿羽取水的毛腿沙鸡，掠食动物几乎一点招数也没有，“守株待兔”的窗口期太短，很难抓住，主动出击又如同大海捞针。起源于600万年前的毛腿沙鸡开枝散叶，反而成了广袤荒漠中数量众多的鸟类。一个多世纪前，瑞典探险家斯文·赫定在新疆罗布泊探险时，曾看见上万只毛腿沙鸡飞过，遮天蔽日。当初与毛腿沙鸡一起问世的乳齿象、巨貘、古猿不是力大无穷，就是体型硕大，但是它们都扛不住沧海桑田的巨变，早早地灭绝了。

动物也好，人类也罢，积小胜方可大胜。四两拨千斤固然取巧，但守拙也稳稳当当。

采撷青韭

□文/宫凤华

“芍药花残布谷啼，鸡闲犬卧闭疏篱。老农荷锸归来晚，共说南山雨一犁。”倚窗闲读毕九歌的诗句，内心一片波光旖旎。春阳似甘醇佳酿，乡间农事，茅屋炊烟，柴门槿篱，宋画般古雅。

故园新韭，着一身青衫，水袖轻舞，似端庄秀丽的青衣花旦。狭长的叶片，如兰，似蒿，沉淀着霜华露魄，悄然弥漫着乡村的安宁和诗意，让人时有侍园弄圃、带月荷锄的惬意。青韭，是春季最生动的色彩，似宋词小令般轻快活泼，令人心生欢喜。

春雨霏霏，田塍陌头，青韭恣意招摇，倚风自笑，如江南当垆的女子，荆钗布裙，心怀美好，努力绽放。

夕光濡染，有窈窕村姑，面容瓷白，挎着竹篮，小锹轻轻一铲，青韭温软地躺在温润的掌心里。那种快意淋漓的剪刈声，恍如惊蛰春雷，隐约可闻一股微微的辛与辣，以及鲜与香。

清明时节，母亲将捡的螺蛳漂养几日，用缝被针剔出肉，去掉厣子，韭菜洗净，刺啦一声倒进滚油锅里翻炒，再加进螺蛳肉，配上胡椒粉起锅，浓香扑鼻，吃得齿颊生香，不忍停筷。

我常常想起一家人在春雨霏霏的日子里包饺子的温馨场景。母亲把新割的韭菜剁碎，去汁，锅里煎好蛋皮，再将精肉剁碎，加进油渣、细盐，把馅炒熟，包好的饺子轻轻地摆在竹匾里。煮熟的饺子盛上一碗，浇上麻油，撒上葱花，最是暖心熨帖，顿觉远离喧嚣尘世，内心柔软且丰盈。

亲朋到家，备一盘韭菜炒鸡蛋与豆腐清汤，打趣说：“今天十样菜待客，‘韭’‘九’谐音。”客人回道：“蛮好，香着哩。”主客会心而笑，一屋子的温暖和亲情。一盘鲜韭炒鸡蛋色泽好看，香味通融，滑润柔嫩，吃来爽口有嚼劲，味道微微辛辣。黄绿相间的鲜韭炒鸡蛋，让人品咂出春天的味道。

作家陆文夫盛赞新剪的韭菜“肥、滑、香、嫩、鲜”，经乡间巧妇精心烹制，舌尖上的滋味百转千回。

韭菜炒青虾味道特鲜。青虾炒熟后红如丹枫，衬以翠绿的韭菜，犹如红莲掩映在绿荷之中，清新怡人，食之清香柔嫩，味蕾立时陷入鲜美的沼泽。红绿的色泽搭配，也极令人喜悦，书写着一种渔樵乐事、农圃家风的符号趣味。吃河蚌或蚬子汤时，夹两筷炒韭菜投入汤中，好看又美味，确实相得益彰。

韭菜入诗入画细腻清雅，意蕴丰厚。张岱的《夜航船》中有“郭林宗友人夜至，冒雨剪韭作炊饼”之语，二人情谊，叶雨相亲；杜甫的“夜雨剪春韭，新炊间黄粱”写出了春韭的鲜嫩与诗人的欣喜；李商隐的“嫩割周颙韭，肥烹鲍照葵”抒发了思古之幽情；辛弃疾词中的“浑未辨，黄柑荐酒，更传青韭堆盘”堆出了一盘春天；杨凝式的《韭花帖》令无数书家为之倾倒。

“春园暮雨细泱泱，韭叶当篱作意长。”韭菜青苍婉约，不张扬，不邀宠，只需一杯土，即分根长蘖，蓬蓬勃勃，舞风弄月。在恬淡的农家生活中，有了绿莹莹的韭菜点缀，便有了一股田园风味和乡土气息。

剪一绺青韭，剪的是一种情怀，一种清凉古意。走出市廛，约二三布衣，扛花挎篮，吴侬软语，踏着微润的土膏，沐着和煦的春阳，俯身乡野，采撷陌上青韭，采撷烂漫春光。

春光好食椿滋味

□文/申功晶

外公家的小院角落里，有他亲手栽种的一棵香椿树。庄子在《逍遥游》中写道：“上古有大椿者，以八千岁为春，八千岁为秋，此大年也。”此处的“大椿”指的就是香椿树，椿树以人间八千年当作自己的一年，可见生命力极强。想来外公植此树，也有寄寓家中老人长春不老之愿？

每到“小楼一夜听春雨”后，蛰伏一冬的椿树光秃秃的树梢上就冒出了细尖嫩芽，渐渐地长成肥厚锈红的叶片。倘在清晨，叶上沾带些许露珠，瞧起来红殷殷的、鲜爽爽的，着实惹人喜爱。元好问在诗中写道：“溪童相对采椿芽，指似阳坡说种瓜。想得近山营马少，青林深处有人家。”这首诗勾勒出一幅顽童骑在树上摘椿芽、清新怡然的早春图。

香椿可食，《帝京景物略》中记载，元旦进椿芽、黄瓜，一芽一瓜，几半千钱。早在明朝，香椿已作为贡菜供宫廷食用，可见它的受捧程度。

清明前后，外婆便会挎着竹篮去后院采摘香椿，半晌才弄回一篮有鲜香之气的嫩嫩细芽。回到厨房，外婆将这些细芽洗净后用开水焯一下，切成小段儿，又在瓷碗里打上两枚新鲜土鸡蛋，将香椿段与蛋液混在一起，大火烧锅，香椿段裹着蛋液，“哧溜”一下便钻入热油。外婆不断翻动勺子，不一会儿，一盘金黄翠绿的香椿炒鸡蛋就上桌了。那剑拔弩张的香味不由分说地闯入鼻孔，我搛一筷子放到嘴里，顿时齿颊生香，差点把舌头也吞下肚。

俗话说："雨前椿芽嫩无比，雨后椿芽生木体。"香椿就如同蔬菜里的昙花，一年仅现半月光景，趁着鲜嫩，需多采一些，抓紧时间吃。在这段"食椿季"，外婆怕家人吃腻了，就不断地翻新花样做。

外公平生无其他嗜好，唯一所好便是靠坐在藤椅上小酌，这就少不得下酒菜。在那个缺衣少食、物资匮乏的年代，外公便在自家小院的香椿树上做起了文章。香椿煮毛豆是上好的佐酒之物，其做法如汪曾祺《食豆饮水斋闲笔》中记载的那样："香椿嫩头在开水中略烫，沥去水，碎切，加盐；毛豆加盐煮熟，与香椿同拌匀，候冷，贮之玻璃瓶中，隔日取食。"那"一箸入口，三春不忘"的滋味最让人上头。

香椿不仅可入食，还可入药。李时珍在《本草纲目》中记载香椿叶苦、性温，煮水洗疮疥风疽有效，椿芽煮着吃可消风祛毒。每到"食椿季"，外婆都会做各种香椿美食，比如香椿鸡蛋煎饼、香椿猪肉水饺、香椿鱼等，督促着我多吃一点。年幼时，我清晨急着上学，不肯好好吃早饭，外婆便会一大早起身，摊香椿鸡蛋卷饼。她先将香椿切碎，和蛋液一起拌匀，随后和入面粉，按口味加入调料，调匀成面糊，摊在平底锅上，做成饼状。等我醒来时，一张喷香四溢的香椿鸡蛋卷饼已打包放入食盒，课间拿出来吃，既可口又充饥。

转眼到了一年"食椿季"，我又怀念起外婆家的那棵香椿树。自从外婆过世，家里的院子已经荒废，我努力寻找着那棵香椿树，它的树皮已经脱离了树干，根部完全断裂。我忽然想起了"上古有大椿者，以八千岁为春，八千岁为秋，此大年也"这句话，它有着传说中八千岁为一年的高寿传说，却仅活了短短数十年！

用“手”踱着八字步

□文/黄增强

在大洋洲这片神奇的土地上，有许多奇形怪状的特有生物。一群潜水员在澳大利亚东南部海域发现了一种罕见的鱼类，竟然长着两只“手”，它们用“手”在水底走路！这种怪异的长着手的鱼，被称作“长手鱼”。

长手鱼是非常古老的鱼类，它们的存在可以追溯到5000万年前。在那个年代，长手鱼是地球上数量最多的鱼类之一。澳大利亚联邦科学与产业研究组织的生物学家丹尼尔·格莱德希尔和彼得·拉斯特介绍，澳大利亚东南部海域生存的长手鱼不但数量大，而且种类达14种之多。尤其是红色长手鱼、黄鳍长手鱼、粉红色长手鱼和斑点长手鱼，数量非常多，人们经常可以在河口地带及靠近河湾的浅海区域发现它们活动的痕迹。

长手鱼身长约10厘米，所谓的“手”不是真的像人类一样，而是一对像人手一样的鱼鳍。它们的这对鱼鳍与其他鱼类的鱼鳍不同，不是在游泳时用来保持身体平衡的，而是帮助它们在水底下行走的。

长手鱼是栖息于海底的14种不常见鱼类的统称，它们与琵琶鱼（又称垂钓鱼）有亲缘关系。长手鱼与大多数鱼类不同的地方在于它们没有幼体期，成年后也不会到处游动，这些特征使它们对环境变化非常敏感。它们多数时间都停留在海床上静止不动，只有在受到干扰时才会偶尔拍拍鱼鳍，游动几米。因为没有幼体阶段，所以长手鱼无法四处扩散，最终导致它们的栖息地范围有限。

长手鱼的游泳和走路技术都不强，这就限制了它们的活动区域，仅有两个网球场大！它们只能利用鱼鳍在海床上行走，而不是通过游泳来前行。它们喜欢用鱼鳍一边爬行，一边捕食海沙中的食物，主要是海虫和甲壳类等小型无脊椎动物。

长手鱼虽然长着一对“手”，但是它们实际的行动能力比较差，跟海洋里其他鱼类的行动速度没法比。长手鱼动作很缓慢，它们很容易成为其他捕食者的捕杀对象。为了能够在残酷的海洋里生存下去，长手鱼进化出了毒性非常强的毒素，这些毒素主要集中于皮肤部位，成为御敌的秘密武器。一旦有猎食者咬破它们的皮肤，只需一个小时左右，猎食者便会毒发死亡。

过去全球所有的海域都曾有长手鱼的活动痕迹，但是不知何种原因，自1999年后再也没有发现长手鱼的活动踪影，尤其是粉红色长手鱼，迄今为止科学家只发现过4条，长手鱼已经濒临灭绝。

不过不久前，澳大利亚的潜水员在塔斯马尼亚岛附近的海底发现了长手鱼，那时它们正躲在海藻后面，优哉游哉地用“手”踱着八字步。塔斯马尼亚大学接到潜水员的报告后，派出一个7人的专家组到海底寻找了2天，就在他们想要放弃的时候，终于发现了长手鱼。

20多年后再次发现罕见怪异的长手鱼，有助于我们更好地研究长手鱼，拯救这种濒危鱼类。

不要试图跟一只袋鼠打架

红袋鼠“刚子”是比较写实的，它确实可以作为主角独自生活在月球上。唯一需要注意的是，千万别惹恼了它，否则它的战斗力会让人吃不了兜着走。

把自己“埋”起来

□文/段奇清

在非洲西南部大西洋沿岸，有一片名为纳米布的沙漠，那里每年的降雨量不到10毫米，这种干旱和半干旱的气候已经持续了8000万年。可是，在这个世界上最古老、最干燥之一的沙漠中，却生长出一种半径可达10厘米的那拉瓜。

因为几乎不下雨，纳米布沙漠的沙子便成了“水”，只要风一吹，这些“水”便会顺着风飞速流动，各种植物的种子也会像车轱辘一样不停地奔驰，无法停住发芽，纵使幸运地发了芽，也无法扎根生长。这便是纳米布沙漠几乎寸草不生的主要原因。

若去了纳米布沙漠，你能看到一个个10米多高、半径最大可达40米的沙丘，那拉瓜就生长在这些沙丘上。你不要觉得是先有沙丘，然后才长出那拉瓜，事实恰恰相反，是先有那拉瓜，之后才有沙丘。

原来，那拉瓜的种子发芽出土后，不久便会长出疏密有致的藤蔓。虽然说那拉瓜属于葫芦科，是西瓜的远亲，但是它的藤上没有西瓜等藤萝植物常见的叶片，而是满布着锥状尖刺。沙漠里的湿度来自夜晚所形成的露水，以及每隔10天左右在夜晚吹入海岸的雾霭。藤和藤上的刺，在夜间与清晨从露水或浓雾中汲取水分，由此，那拉瓜便开始较快地生长。

每天都有从数千千米的内陆河流、不远处的洋流所产生的各种“轻物质”，以及陆地上的尘土、沙漠上的沙子等在风的推动下，从纳米布沙漠经过，那拉瓜那满是尖刺的藤蔓，宛如一张密密的网，将经过的物质中的一部分“网”住。藤蔓一天天地“网”，那拉瓜也一天天地生长，最终，那拉瓜的藤蔓被埋在这些物质下，变成了根，随着时间的推移，越埋越深。根深藤茂，地表上的藤蔓也能长得有二三十厘米长，再大的风也很难刮走它们。就这样，那拉瓜的藤蔓固住了风吹来的物质，日久天长，便形成了一个大大的沙丘。

有了沙丘这个“家”，那拉瓜便有了“吃”的东西，有了营养。同时，那拉瓜能感知到地底下的水，会把根深深地往下扎，最深可达地表以下50米。

由于有足够的营养和水分，地表上的藤蔓尽管不是很壮，也能结出对极为少雨的沙漠来说称得上是“硕大”的瓜来。那拉瓜含有丰富的水分和养料，又为种子发芽及之后较快生长提供了养料保证——这样一种良性循环，不但结出的那拉瓜大，而且一株那拉瓜在沙漠中可以生存100多年！

默契的植物“朋友圈”

□文/袁则明

走进铺青叠翠的公园，可不要踩踏草坪，因为小草会产生一系列“悲愁”反应。

小草对昆虫和病毒有一整套防御系统，当一株小草被虫咬或感染病毒后，会释放一种叫茉莉酸甲酯的物质，茉莉酸甲酯易挥发，其气味既是植物间交流的“语言”，又是求救或预警的信号。

当我们踩踏小草后，它会误认为来了昆虫，便向“朋友圈”发出信号，从而让朋友们迅速合成能防虫、防毒的物质，这样整个草坪都会营造出一种紧张的氛围。一般情况下，人们闻不到这些气味，只有在割草时，小草误以为大量昆虫来袭便会形成气味连动，我们也才能闻到青草香味。

小草除了会对人们的踩踏发出错误信息外，其靠气味“语言”来传播信息也往往会误事。比如，小草本想把信息发给东侧的“朋友圈”，结果被大风刮向西侧。另外，小草发出的信息没有加密，容易被“窃听”，使得有些寄生植物很容易找到喜爱的寄主。

如此不严谨的防御系统，显然不符合生物进化史，科学家猜测，至少那些大树不是运用这种“语言”沟通的，因为植物肯定会升级防御系统，以确保自己的生存和繁衍。

加拿大艾伯塔大学生态学家约瑟夫·伯奇带领的一个团队，发现一片森林长得特别茂盛，说明树木防御系统应该很完备，可是他们并没有发现异常情况，只检测到地下布满了真菌网络。

关于真菌的作用，学者康斯坦丁曾做过一个实验。他在法国阿尔卑斯山1 400米高的山坡上同时种了两组马铃薯，一组没有施肥只带了真菌，另一组没有施肥且不带真菌，结果带了真菌的那一组获得大丰收，另一组却颗粒无收。这说明真菌能传递养分和水，从而滋养植物，但这么多庞大的树木，仅靠真菌传递养分显然不可能，也就是说，真菌与植物生长发育之间的生理机制一定还存在某种默契。

科学家又进行了另一项实验，他们把甲、乙两株番茄接上同一种菌根菌，中间用不锈钢板隔开，然后将甲株番茄接种易感染的病原菌，并用袋子把地上部分套起来，以免地上部分传播病菌，同时还有三个不同的对照组。经过一段时间后，研究人员发现，乙株番茄体内有了一些防御性酶和能分解真菌的细胞壁几丁质酶，这说明甲株番茄已经从根部将病毒情报通过真菌传递给了乙株，并且乙株及时提供了预防措施。

在这项实验中，真菌起到了“通信员”的作用。研究人员又对真菌与树木之间的关系进行了深入探索，发现真菌除了传递病毒、昆虫情报之外，还会把土壤中哪里有水分、氮和磷等情报提供给大树。当然，真菌也没忘了自己有传递养分的功能，在遮天蔽日的森林里，当一棵刚出生的小树无法通过光合作用获得养料时，真菌也会传输其他大树的营养供幼苗生长。

一种树木的根与真菌的联系具有专一性，这样，同种树木之间就形成了一个封闭且加密的区域网络，当真菌把情报信息发到“朋友圈”后，树木会根据情报采取相应对策，确保生命安全。

那么，真菌为什么要向树木提供这些情报呢？因为真菌需要树木给它们提供碳源，这是“一荣俱荣、一损俱损”的森林管理体系。这套地下防御系统，使得植物能在极其恶劣的环境下尽可能减少死亡，甚至可能会帮助人类降低温室效应的影响，所以我们一定要爱护森林。

当猕猴桃遇到几维鸟

□文/程醉

几维鸟是新西兰的国鸟，是无翼鸟科、无翼属，因为会发出“keee-weee”的尖锐叫声而得此名。

几维鸟长相略显寒碜，全身黄褐色，身材小而粗短，嘴巴尖而细长，羽毛细如发丝。虽然称为鸟，但是它的翅膀已经退化，想飞也飞不起来。不仅如此，几维鸟的视力不太好，主要靠嗅觉辨别周围环境。

在过去很长的一段时间里，几维鸟和毛利人在新西兰的几个岛屿上自由自在地生活着，但自从库克船长登陆后，人们带来的生物，尤其是猫和狗，差一点就给几维鸟带来了灭顶之灾。如今，几维鸟不但成为新西兰的国宝，而且被列入世界自然保护联盟国际鸟类红皮书，属于《华盛顿公约》的一级保护动物。

猕猴桃是原产于我国的一种雌雄异株的大型落叶木质藤本植物。1903年，有一个叫伊莎贝尔的新西兰女教师到湖北省宜昌市探望她的姐姐，在吃过当地所产的猕猴桃之后，她简直无法相信世界上还有如此美味且相貌奇异的水果，于是，她悄悄携带了一批猕猴桃种子回新西兰。大约到了1910年，伊莎贝尔带回的猕猴桃种子终于结果实了。

猕猴桃一般为椭圆状，早期外观呈绿褐色，成熟后呈红褐色，表皮覆盖浓密绒毛。最初，新西兰人没有见过这种水果，给它起名叫“中国醋栗”。由于名字不好听，又是醋又是栗的，一看便让人觉得酸涩，因此，“中国醋栗”在新西兰的销路很差。

后来，新西兰人感觉这种水果与本地的几维鸟长得差不多，都是褐色且圆滚滚的，表面都有绒毛，于是，他们干脆把猕猴桃称为“kiwis”，与几维鸟的名字一样。直到现在，在新西兰，猕猴桃仍然还叫“kiwis”。

新西兰人善于做生意，想方设法要把猕猴桃卖到中国来。考虑到中国人的思维习惯，不论是用“中国醋栗”还是用“kiwis”，消费者可能都不会买账，于是，他们给猕猴桃起了一个高大上的商品名，让人看不懂、摸不透。几维鸟由于不会飞，天天到处遛弯，所以在新西兰又被称为奇异鸟，猕猴桃出口到中国的时候，也顺理成章地被称为“奇异果”。

在植物分类学上，全世界的猕猴桃有66个种，其中62个种自然分布在中国。目前，市场上销售的主要有中华猕猴桃、美味猕猴桃和软枣猕猴桃三种，而新西兰或日本的“奇异果”其实就是猕猴桃的某一个人工选育品种。

只要一树梅花便好

□文/孙克艳

萧瑟的寒冬吞噬了万物的繁盛，连缤纷的色彩也一并吃掉了，天地成了贫瘠的灰、白、黑，所幸还有凌风傲雪的“岁寒三友”——松、竹、梅。松树常青不老，竹子经冬不凋，而傲雪盛放的梅花，则为单调的冬天增添了令人心醉的生动与绚丽、烂漫与惊艳。

在透骨的寒冬里，在万物凋零的荒凉中，猝不及防地看到一树绽放的梅花，总是让人叹为观止。梅树那粗糙嶙峋、饱经沧桑却威武不屈的枝干，像游龙一般苍劲刚强，犹如雕像一般屹立于寒风中，它所呈现出来的力量和韵味，与所处的酷冬形成鲜明的对比，展示着令人动容的风骨。在它干枯的枝条上，密布着珍珠一般的花苞，这是顽强的生命经过漫长的蛰伏后，即将绽放的最后等待。等一个恰当的时机——也许是一阵风，也许是一场雪，也许是某日融融的暖阳，它便在某个瞬间悄然盛放，将绚丽的色彩和淡雅的清香，毫无保留地呈现到世人面前。

紫红的梅花，深情却隐忍；大红的梅花，热烈而奔放；粉色的梅花，羞涩又娇媚；白色的梅花，雅致且高洁……不同的颜色呈现不同的风姿与韵味，各有各的别致，各有各的意趣。是以，不同颜色的梅花也有了不同的称谓：紫梅、红梅、绿萼、玉蝶……这些生动的名字，只是吟读出来，便觉得唇齿生香。

立在一树梅花下，那些散发着暗香的鲜活花朵让人心生恍惚，让身体与灵魂隔离——身体清晰地感受着严寒的凛冽，心里暗藏的种子在梅花的熏陶下破土而出，枝繁叶茂，并开出灿烂的花朵，去抵御外界的苦寒。若有幸面对一片梅林，徜徉在疏枝缀玉的花海里，看着无数的梅花凝聚成云海，便觉得漫步云端，身边的花海则成了云蒸霞蔚的彩霞。看着身边怒放的梅花，那些盛装在身心里的凡尘俗事，瞬间就消散了，那些曾吟诵过的诗词歌赋，像鱼儿似的争先恐后地跳出来。此时此地，我觉得自己也是谪仙了，只想手持一壶梅花酿，卧在梅花树下，对着缤纷落英，嗅着那若隐若现的清逸雅香，静看时光滴漏，一点一滴地消去。

我不是一个贪心的人，只要一树梅花便好。或是独自一人，与梅花相看两不厌；或邀上一二挚友，静坐无言；或品茗叙旧，都可。再多人，就吵闹了。梅花是不喜吵闹的，不然，它为何撇开花团锦簇的春天、蝉鸣聒噪的夏天，以及丰硕遍地的秋天，唯独选择在冷清的冬季吐蕊溢香？梅花的身姿与品格正好契合冬季的神韵与禀性。待到日暮闭合，梅花的香气便已沁透全身，掸都掸不去。

最不可辜负的，还是雪中的梅花。洁白的雪花衬着烂漫的梅花，白中出彩，彩中凝着冰清玉洁的品格，两者彼此映衬，不分主客，相得益彰，那才是妙极！正如宋朝诗人卢梅坡所言，“有梅无雪不精神”，一场雪飘向含苞待放的花骨朵，或者已经盛开的花朵，那该是怎样的情景呢？梅花与雪相遇之前，“梅须逊雪三分白，雪却输梅一段香”；当它们相遇后，无瑕的白雪已然有了芬芳，绮丽的梅花也多了分白雪的冰魂雪魄，更显风骨。

此时，梅树的枝条上已经攒了零星的花苞，我期待着一场雪事中，你迎雪而来，与我并立于梅树前，相视一笑后不交一语，静听梅花绽放的声音，静听初春到来的步伐。

流浪在南美橡胶园里的“大魔头”

□文/陈雨

你一定浏览过航空班次表吧？在浏览过后，你会做出选择：直飞或转机。可当你想去一览南美风情的时候，却不能直飞南美洲，因为南美洲住着一个名为橡胶南美叶疫病的“大魔头”。

南美洲是风情圣地，也是天然橡胶的故乡。说起橡胶，你绝对不会陌生，因为天上飞的飞机、地上跑的汽车，所有的轮胎都离不开橡胶。其他地区的橡胶树都是南美洲原产，后来“寄养”在别处的。比如，英国的橡胶树祖先就是来自南美洲。1876年，一个叫威克翰的男人偷偷采集了近8万枚橡胶树的种子，偷偷地带回到英国的皇家种植园——邱园，不过，大部分橡胶种子受不了长途颠簸，坏了，仅有一小部分种子存活了下来。这一小部分种子同时也成了东亚地区橡胶园的鼻祖。幸运的是，离开原产地的橡胶树避开了故乡“大魔头”的迫害。

橡胶南美叶疫病像疯了一样吞噬着每一棵天然橡胶树，老年树、中年树，甚至幼苗，都难逃魔爪，无一幸免。“大魔头”有三种特定的功夫，会自动产生三类孢子当成子弹，分别射向不同年龄的橡胶树。每棵橡胶树中弹后，叶片开始出现灰褐色的伤痕，孢子开始在叶片上散布自己的足迹，直到每一片叶子烂掉、脱落，橡胶树最终走向死亡。可怕的是，“大魔头”的子弹——孢子会因为真菌的存在而不断繁衍，它们可以随风飘远，防不胜防。由此看来，“大魔头”摧毁每一棵橡胶树不在话下，在南美洲这个满地都是橡胶树的地方，众多橡胶树都难以幸免。1995年，巴西亚马孙州有5.4平方千米的橡胶树，20年后，只剩下0.28平方千米，只有原来面积的5%，落差如此之大，正是“大魔头”造成的。

为了消灭到处流窜并消灭天然橡胶树的橡胶南美叶疫病，全世界都正在努力中。天然橡胶的七大生产国形成了同盟，成立了天然橡胶生产国协会，共同对抗橡胶南美叶疫病，拯救天然橡胶树。

更可怕的是，橡胶南美叶疫病已经波及人类。“大魔头”的孢子在衣服、玻璃等物体表面可以存活1周以上，这种真菌的孢子并不会被雨水冲刷掉，而是会牢牢地附着在植物表皮——角质层上。正因“大魔头”的威力四射，为保护人类，许多国家都停止了直飞南美洲的航班，因为稍不留神就会沾染上灵活飘动的孢子，而每一次跨洋航班都会增加该病扩散的风险。幸运的是，“大魔头”被困在了南美洲天牢里，其他地区目前还未受到它的猛烈袭击。

你还想直飞南美洲吗？那恐怕要等橡胶南美叶疫病被彻底打败以后。

西番莲与蝴蝶的爱恨情仇

□文/杨世诚

对展翅飞翔的蝴蝶来说，光芒四射的西番莲花是醒目的指示牌，是能量的补给点，是续航的加油站。

第一次看到西番莲的鲜花，我瞬间被吸引。花萼和外层的花瓣呈现乳白色，开放时犹如洁白无瑕的莲花。内层的花瓣似根根细线，密密地排成一圈，那圆形的花朵看起来像太阳的脸谱，而丝状的花瓣就像太阳四射的光芒。和多数蜜源植物一样，西番莲的花包括花萼、花冠、雌蕊等特有结构，但它别出心裁地生长出一个有流苏花边的副花冠，层层相叠，环环相扣。

西番莲的副花冠是从花心丝状辐射伸展出来的圆盘，远看是一组彩色同心圆，沿着花丝在颜色上出现许多变化：从里到外依次是紫黑、雪白和瓦蓝，发出蓝紫色的光彩。外圈瓦蓝色的丝状花瓣左扭扭、右弯弯，丝丝缕缕皆俊俏。从副花冠的中心生长出来的五枚黄绿色的雄蕊，连同雄蕊正上方长出的三根紫红色雌蕊，是佩戴在发卷中央的“皇冠”。西番莲花有很强的立体感，侧观如宝塔、似重楼，层层惊艳，散发着神秘的气息。整朵花圆整而规则，像精细的工艺品，难怪初见者瞠目结舌，难辨真假。

植物界有一个不约而同的规矩，即在确保传宗接代的前提下，尽可能简化花的器官。如：小麦等禾本科植物的花，没有萼片也没有花瓣；马蹄莲没有花瓣只有苞片；南瓜的花都是缺少雄蕊或雌蕊的单性花。

西番莲攀缘于热带丛林的树干上，生机盎然。无数蝴蝶喜滋滋地赶来，聚集在花盘上就餐、嬉戏、休憩，于不知不觉中飞越树顶，又在不知不觉中飞越丛林。

沿着西番莲花朵铺设的道路行进，蝴蝶的生存空间逐渐宽广起来。蝴蝶是完全变态的昆虫，其卵、幼虫、蛹、成虫四个阶段分布于不同的地点。西番莲所到之处，联结的地理空间皆成为蝴蝶的繁育地。它以藤蔓的持续攀缘与花朵的甜蜜滋味完成了一种动态的联结，建设者与使用者情投意合，西番莲奋力向高处生长，向远处蔓延，蝴蝶翩翩一路陪伴，飞出新天地。

当然，好朋友也可能会貌合神离，西番莲对蝴蝶是爱恨交加，爱的是蝴蝶可以帮助自身传粉，恨的是蝴蝶的幼虫太过贪婪。蝴蝶喜欢将卵产在西番莲的叶片上，卵孵化后，幼虫变身为饕餮狂徒，西番莲因此遭遇灭顶之灾——制造营养物质的“绿色工厂”近乎瘫痪，生长发育受到严重影响。

频频遭受重创的西番莲不得不想办法应对。慢慢地，西番莲发现了一个秘密：产卵前，蝴蝶会仔细检查自己准备产卵的叶片，一旦发现叶片上有一粒卵，就会放弃这片叶子。

西番莲“茅塞顿开”，在每一片叶子上都长出类似蝴蝶卵的淡黄色突起物，模拟得惟妙惟肖。不少蝴蝶信以为真，绕道而行，选择其他“产房”和“幼儿园”。凭借模拟这等策略，西番莲不断扩大地盘。

达尔文的自然选择学说说明：生存斗争需要智慧。西番莲绚烂的副花冠犹如一面醒目的旗帜，吸引着蝴蝶和蜜蜂等昆虫来取食，同时接受远方迁徙来的花粉的情意，避免近亲婚配导致种族退化，这是植物的智慧。

西番莲花朵雌雄蕊下方浅绿色的部分是一个杯形的花托，香甜的蜜汁就储存在花托底部，人称“蜜罐子”，它的上方是一层脆弱的膜质盖子，可以起到保护花蜜的作用。

花期的每天上午九点左右，刚刚绽放的西番莲花高高举起三根柱头，远远高出五枚雄蕊。中午过后，花朵完全开放，三根柱头逐渐下垂，穿过五枚雄蕊的缝隙。在副花冠的导引下，蜜蜂等昆虫会准确地降落，沿着紫色蜜腺环找到蜜室入口，毫不犹豫地用口器戳破盖子，插入蜜室吸食花蜜。

在进餐过程中，昆虫背来的花粉会悄无声息地粘在花朵的柱头上。花柱一旦授粉，雄蕊的花药立即开裂，“花粉雨”又一次洒落在昆虫背上，被毫不知情的它们背走。昆虫下次就餐时，西番莲便借机完成了异花传粉任务。

现实主义的椰树

□文/寒石

坐飞机至三亚市，透过舷窗看到的第一抹绿，一定是椰子树。

在我的印象中，椰树跟竹、松、柏一样，是诗意画里的常客。如果说竹、松、柏的比衬物是瘦石、巉岩，与椰树为伍的则是碧海、金沙，是浓郁的热带风情，到了三亚市，这一切都眼见为实、触手可及了。

在三亚市街头，看到最多的行道树是椰树。事实上，椰树在三亚市担当的是花的角色。椰花看上去是黄莹莹的一团，盛开在高高的树梢之上，也不赏心悦目，几乎被人忽略了。椰树是以整树的形象出现在人们视野中的，它那挺拔的树身、婆娑的羽叶、结实的果实，沧桑却不显老。当它高举一树树绿色的旗帜，出没在街道与建筑物之中，它就是“花”了，就是一树树巨大的、盛开的绿色“花朵”。

椰树枝疏叶茂、高大俊朗，给人的整体形象是那样生机勃发，那样出类拔萃，呈现一种刚健的美。椰树对土壤的要求不高，喜沙性土质，只适合长在阳光下。它对阳光的要求近乎苛刻：两树间距不能小于5米，不然它就长不好。从这个意义上说，椰树其实并不适合做行道树。它的遮阳面不够大，与人们对行道树的通常要求（遮阳）恰好相悖。三亚本地人自然不惧阳光，外地游客大多是冲着三亚的海滩、阳光而来的，椰树虽然不遮阳，但是正好把亚热带海景风情渲染得淋漓尽致。

漫步三亚街头、海滩、植物园，我还发现一个有趣的现象：凡是具备热带海滨风情的树种都长得跟椰树差不多——高挺，像一根根电线杆，只在半空举出一蓬绿荫，比如槟榔、油棕、霸王棕、木瓜。听导游说，别看这些树长得高直，可树质大多疏松，所以没多少实用价值。我明白了，这些树只适合作为一种树生长着，只有站着、生长着，它们的存在才有意义。它们长得高直，是为了争取阳光，而树本身无大用，就不招人待见，反而可以不被砍划，自由地生长。

生长不分季节，这是包括椰子在内的许多热带植物的又一生存特征。即便江南已经入冬，但到了三亚，我们看到的几乎每一棵成年椰树上都挂着硕大的椰子。仔细看，椰子的大小、色泽各有不同。再仔细看，椰子的上面还笼着一团粉白、一片粉黄，那就是椰花。边开花边结果，椰树惜时如金，分秒不浪费。

椰汁性凉，所以晚上或寒天最好少喝。午间，在亚龙湾海滩的椰林中，我买了一个椰子，用刀斫个洞，插根吸管进去，捧起悠悠地吸着，享受着海风椰韵与碧浪青天，越发觉着椰子的可爱。椰树真是造物主赐给热带地区人们的礼物啊！它自己不喝椰汁，却长给人喝。

在三亚热带植物园中，当我发现一棵棵椰苗从一摞摞用来装饰的椰子上长出来时，才意识到自己的幼稚和无知——椰汁并不是长给人类喝的。椰子首先是一枚种子，椰汁是用来哺育自己后代的，就像动物的母乳。椰树生存的土壤大多是沙质土，沙质土壤最大的特征是存不住水，而椰苗在分蘖期是离不开水的，所以椰树预先为自己的后代存了一杯营养水，待椰苗喝光这杯“母乳”，它的根系已经发育成熟，就可以从土壤中汲取水分了。

原来，现实的椰树更可爱！

听，植物在尖叫

□文/顾静怡

每当走进公园，看到草坪上“别踩我，我怕痛”的公益提醒，大家都会自觉绕开。假如植物被踩了，它们会尖叫吗？答案是：当然！

科学家表示，植物不是沉默的生命，它们在受到环境压力时确实会发出尖叫，但只有在设备的帮助下，我们才能搜集到这些尖叫声。

为了逼植物尖叫，研究人员给植物设定了两种困境：一是干旱，二是茎被切割。接受这个考验的选手是西红柿。

实验在隔音箱里进行。研究人员先对西红柿植株挤榨水分、切断茎，然后将能搜集植物声音的麦克风放置在距离它们10厘米的地方，搜集它们受到不同伤害后发出的声音。结果发现，遭受伤害的西红柿植株发出了不小的声音：它们释放出了20千赫兹至100千赫兹的超声波，将自己被伤害的信号传递给附近的动植物。它们发出的“尖叫”是超声波，人类无法听到，但一些哺乳动物和昆虫可以听到，并能在5米远的地方迅速作出反应。

这个实验还显示，缺水时，西红柿植株平均每小时会发出35次“尖叫”，而当根茎被切断时，西红柿植株会在1小时内发出25次“尖叫”。相比之下，没有遭遇干旱也没有被切割的植物，只是偶尔发出声音，1个多小时才会发出1次“尖叫”。

那么植物的“尖叫”到底是怎么回事呢？其实，声音是由于物体振动产生的。

早在20世纪60年代，就有科学家在植物缺水时检测到了振动，并且认为这些振动是空穴现象带来的。空穴现象，是指在液体中当某点压力低于液体所在温度下的空气分离压时，原来溶解在水分中的气体会分离出来，形成气泡，气泡不断膨胀直至爆裂。物体由于外因而变形时，在物体内各部分之间会产生相互作用的内力，以抵抗这种外因的作用，并试图使物体从变形后的位置恢复到变形前的位置，叫作应力。空穴现象会让植物体内的应力重新分布。当应力在一个部位集中起来，就有可能快速释放出大量能量：机械能转化成了声能，所以这个过程被称为“声发射”。随着科技的发展，科学家利用特定的设备搜集植物的“尖叫”。“尖叫”在空气中传播，也许人类听不到，但还有其他植物和动物听得到。

不要以为植物受到打击都不声不响，科学改变了人们对植物王国的看法。植物不是人们想象中那样安安静静的。尽管它们在遭遇生存压力时无法移动、无法跑，但它们会“尖叫”，它们的声音可以穿过空气，飘去更远的地方。也许我们的耳朵听不到它们发出的声音，但如果用心去倾听，一定能听到植物在我们手下、脚下“尖叫”……

白蚁相亲，有多少爱在等待

□文/袁则明

夏日的暴雨常常不期而至，如果你住在南方某个城市的郊外，那就一定不要忘了关灯，否则第二天早晨可能就会有成千上万的白蚁铺满室内地面，等待你的检阅。它们可能是赤褐色的，也可能是白色、淡黄色或黑色的，长度约30毫米。如果你运气不错，还能在密匝匝的一堆白蚁中，看到少数白蚁蠕动的样子，轻风吹拂后，它们的翅膀纷纷扬扬掉落。看到这种场景，你自然会想到，昆虫通常具有趋光性，可白蚁为何落在地上不飞走呢?

这就有必要了解白蚁的生活习性了。白蚁分布于热带和亚热带地区，以木材和纤维素为食。它是一种社会性昆虫，过着群体生活，有蚁后、蚁王、工蚁等，担负的使命和蚂蚁基本一致。虽然人们称之为白蚁，但是白蚁和蚂蚁是不同的物种。白蚁属于半变态昆虫，大部分双目退化、畏光，生活在黑暗的巢穴中，被人们称为“黑暗中的居民”。

由于长期生活在黑暗中，白蚁不会外出觅食，这就有可能会出现食物短缺、难以生存的情况，甚至濒临灭绝。为防止这种情况出现，白蚁对家族成员又进行了细化，分出专门负责繁殖的繁殖蚁。繁殖蚁又分无翅蚁、短翅蚁和长翅蚁等，但只有长翅蚁保留了双目。长翅蚁的任务就是向外发展，扩张领地，使家族得以延续。

白蚁蚁后每年会繁殖数以万计的长翅蚁，但这些长翅蚁是不能随便出去的，只在每年某个特定的时间，工蚁才会将洞穴挖一个出口，让长翅蚁从巢内飞出去。这种情况很像人类婚嫁，需要选定日期，举行相关仪式。长翅蚁婚嫁的日子要满足天气燠热和空气湿润这两个条件，所以一般会出现在夏季的骤雨前后，届时，附近所有巢穴的长翅蚁都会在这个时期不约而同地飞出。

在飞出巢穴后，长翅蚁唯一要做的事就是谈情说爱，而且不会再回到原先的巢穴内，生物界给这种现象取名为“婚飞”或“分飞”。虽然长翅蚁有两对翅膀，但是飞行能力较差，所以它们白天会聚集在较低的建筑物附近，晚间则趋向灯光纷至沓来。这些场所就是长翅蚁集体相亲的平台。当双方看中后，便相爱双飞而去，然后双双抖落翅膀，找一块土地或洞穴钻入。此后，这对长翅蚁就重新“立国”，成了蚁王、蚁后，生出一堆又一堆的孩子。

如果数以万计的长翅蚁得以“立国”，那么，人类的众多财产岂不是都要被毁坏了？这倒不必担心，虽然长翅蚁飞出的数量很多，但是真正能够成功“立国”的很少，因为它们的飞行能力有限，又会自动抖落翅膀，所以往往成为青蛙、鸟类、蜘蛛等天敌的盘中餐。而进入室内后，又被人一网打尽，它们找不到缝隙可钻入，只能等人类硬着头皮清扫了。

一般情况下，白蚁确实算得上“恶贯满盈”，它几乎能破坏一切物体，包括电缆、钢材，但它的价值也很大。英国利物浦大学的昆虫学家汉娜·格里菲斯博士的团队研究白蚁对森林生态环境的影响时，意外发现一片曾遭遇严重旱灾的森林内，在白蚁密集的地方，雨量却是正常年份的两倍。这是因为白蚁为了保持蚁冢的高湿度，会挖掘隧道取地下水来润湿巢穴，所以那里的土壤依旧湿润，发芽的树苗更多，生态系统仍然运转良好，保护了森林不受气候变化影响，就像是生态保险。

如何让白蚁为人类服务，是一个值得研究的课题。

秃鹳，靠边站

□文/张云广

非洲广袤的大草原天气炎热，没有极地的天然冰箱来保鲜食物，动物在丧生后很快就会变成腐肉，因此就有了不少食用腐肉的动物。

非洲秃鹫是天空中的“肉眼侦察机”，一只非洲秃鹫发现腐肉，就意味着在极短的时间内会有一群同伴聚到尸体旁大快朵颐。它们把食物团团围住，摆出一种吓人的阵势，意图打消其他竞争者的觊觎。

肉垂秃鹫是自然界中最强壮的秃鹫，也是唯一可以用强悍的喙撕开腐尸皮毛的秃鹫。先发现腐肉者，未必拥有绝对的占有权，在肉垂秃鹫凌厉的攻势面前，非洲秃鹫会自觉地让位，在一旁耐心地等待。

秃鹫家族的老邻居鬣狗是善于总结生活经验的智者，它们能准确辨识秃鹫侦察兵在空中发出的信号，而且很快会赶到现场。面对外表凶悍的肉垂秃鹫，鬣狗如入“无鸟之境”，它们总能一下子挤进圈内，占据“餐桌”的中心位置并且出入自如。如果鬣狗数量多的话，肉垂秃鹫也只好加入等待者的行列。

若是在旱季，食物匮乏，一向优雅的狮子有时也会被迫加入食腐动物的行列。如果狮群有一定规模的话，鬣狗会和秃鹫一样等狮子们饱腹扬长离开后才就餐。而在“餐桌”的外围，常能看到高大的秃鹳的身影，它们不时地低头捡拾散落在地上的碎肉。

秃鹳是鹳科秃鹳属一种高大而又笨重的涉禽，体重可达10千克，翼展可达3米，伸直颈部高度可达1.2米。秃鹳和秃鹫虽然同属“秃字辈”动物，但是食性不同，前者喜欢吃死动物的肉，而后者主要吃死动物的内脏，各有所好，各取所需，所以鲜有冲突的时候。

不介入权力的中心，不跟进斗争的序列，无论谁胜谁负，自己总能分到一杯羹。在自身实力不够强大的情况下，秃鹳有所作为地靠边站，不失为一种生存的智慧和策略。

千足虫真有1000条腿吗？

□文/尹丹

三国时期的曹冏在《六代论》里写道：“百足之虫，至死不僵。”百足之虫真的有百足吗？更有甚者，在千足虫的大家族里，是不是真的存在1 000条腿的虫子呢？

这个问题如果以前来回答，那就是1 000条腿不过是夸张的虚数，但是不久前，科学家真的发现超过1 000条腿的千足虫了。

千足虫有很多名字，例如马陆、千脚虫、秤杆虫，在生物学分类上是节肢动物门倍足纲下成员的统称。全世界范围内记录在案的千足虫有近10 000种，并且随着发现的千足虫日渐增多，科学家预估地球上至少有15 000种千足虫。

作为节肢动物，千足虫有着典型的体节，除了头节后的前三个体节只有一对足之外，剩余的体节都有两对足。此前，千足虫腿的纪录是750条，可以称得上是世界上腿最多的生物了。

千足虫的腿真有1 000条吗？

不久前，科学家的一个发现为千足虫正名了。在澳大利亚地下深处，研究人员发现了一种拥有1 300多条腿的新物种。“这让我非常兴奋。”弗吉尼亚理工大学的昆虫学家保罗·马雷克说。他第一次知道这种生物是在2020年9月，当时他收到了一封邮件，发件人是西澳大利亚州本尼隆吉亚环境咨询公司的生物学家布鲁诺·布扎托，他附上了一张照片，照片上有一种苍白的生物，体长只有约2厘米，不到1毫米宽，没有眼睛，却有许多腿。

布扎托发现这种生物生活在地下深处——澳大利亚西部60多米深的狭窄钻孔中。布扎托说："当我第一次看到这些生物时，立刻就兴奋起来。"他认为它们一定和美国加利福尼业的一种很长的千足虫有关系，那个物种也生活在地下，米色，没有眼睛，有750条腿。由于马雷克研究过加利福尼亚千足虫，布扎托给他寄去了这些照片，想看看他有什么想法。

因为有些种类的千足虫成年后还能长出腿，所以经过几个星期和一些复杂的文书工作，澳大利亚千足虫的尸体被邮寄到了美国弗吉尼亚州。在那里，马雷克用显微镜仔细数了数，发现了一只有1 306条腿的雌性千足虫。他说："这让人难以置信，750条腿对动物来说似乎很多了。1306条腿是相当惊人的。"

科学家将这种新物种命名为欧米力普斯-珀尔塞福涅，"欧米力普斯"的意思是"真正的千足虫"，"珀尔塞福涅"则是希腊神话中的女神。这个物种的祖先像珀尔塞福涅一样，生命一定是在地表开始的，在进化史上的某个时刻，它开始向地下移动，也许是因为地面上的澳大利亚变得越来越干旱，不适宜居住。

基因分析表明，欧米力普斯-珀尔赛福涅并不是加利福尼亚千足虫的近亲，尽管它们惊人地相似。这说明地下生活促使这两个物种以相似的方式进化，它们都变得苍白无力，没有眼睛，就像许多穴居动物一样。马雷克说，拥有如此多条腿的原因，是因为生活在地下世界，它们活动的时候需要穿过土壤的缝隙，腿越多意味着力气越大，会给它们更大的力量推动土壤。同时，拥有超长的肠道也可能有助于千足虫从稀疏的饮食中获取更多的营养。

千足虫多数有毒，但并不致命，它们的存在会对一些植物的根茎、嫩芽造成影响。作为森林生态系统中的重要分解者，千足虫还会改善土壤环境。马雷克希望这一发现能引起人们对地下深处生物多样性的关注，这是一种与贵重金属一起蕴藏的珍贵资源。

长颈鹿的脖子为什么那么长

□文/汪小科

长颈鹿是世界上现存的最高的陆生动物，站立时从头至脚高达6米至8米，仅颈部就长达2米。一直以来，科学界都在探寻长颈鹿颈部进化的原理和规律。

进化论的主要奠基人达尔文认为，原始长颈鹿的脖子有长有短，短脖子的长颈鹿由于长期吃不到高处的树叶，逐渐被自然界淘汰了。进化论的倡导者拉马克认为，长颈鹿的先祖为了吃到高处的树叶，努力伸长脖子，才一步步进化成了现在的样子。

科学家通过进一步观察和研究发现，长颈鹿的长脖子给它们的生活带来了诸多不便。比如，超长的脖子让它的身材过高，加重了心脏的负荷。长颈鹿需要一个10千克左右的心脏，每分钟跳动150次，才能把血液送到头部。另外，它经常要倾斜着脖子费力去啃食低矮的灌木，俯下身去喝水则更加困难。

这些都与“优胜劣汰”和“用进废退”的进化论相悖，所以科学家只好通过其他方式寻求答案。

在漫长的岁月里，科学家没有找到与长颈鹿相似的物种来研究。直到18世纪初期，他们发现獾狮狓的生理结构与欧洲冰川时期的短颈长颈鹿化石相似。后来，进一步的化石考古和基因研究结果表明，长颈鹿和獾狮狓有着共同的祖先，它们是从欧亚大陆迁徙而来的，约在1 200万年前开始了分离进化。

由于印度板块和非洲板块的漂移，地球上形成了最大的断裂带，西侧分支艾伯丁裂谷将非洲中部一分为二，使得长颈鹿和獾㹢狓的先祖进化之路突然改道：裂谷东侧为干旱少雨的稀树草原，成为长颈鹿的世代家园；裂谷西侧是降雨充沛的刚果雨林，成为獾㹢狓的栖息之地。

对长颈鹿和獾㹢狓在体态上的巨大差异，尤其长颈鹿颈部过长的原因，科学家还是百思不得其解。

后来，科学家通过长期观察与比对长颈鹿和獾㹢狓，发现它们在与同类争斗时，都有撺头、撕咬的习惯。长颈鹿在格斗时，更爱用暴力头锤和交颈缠斗等凶猛的方式，以获得与雌性交配的机会。

脖子较长的雄性长颈鹿会用它们长有骨质角的头骨重重地砸向对手脖子的薄弱部位。长脖子就如同流星锤的铁链，可以让头部的撞击具有更大动能。长颈鹿还能利用颈长优势缠住对方，令对方窒息而亡。獾㹢狓却很胆小，与雌性交配也比较随缘。

通过多番验证，科学家推断，可能是板块漂移导致自然和生态环境巨变，长颈鹿从此生活在干旱而开阔的稀树草原地带，群落松散，没有领土意识，边缘化的生态定位促成了种内的极端求偶竞争，极端求偶竞争又造就了它们特殊的脖颈样貌特征。而獾㹢狓生活的热带雨林环境限制了它们通过延长脖颈而获得性选择优势的冲动。

生物的进化源于自然选择下的基因突变和基因重组，而推动长颈鹿长颈进化的根源，在于它们强大的生存和繁衍需求。

不要试图跟一只袋鼠打架

□文/张君燕

在电影《独行月球》中，一只名叫“刚子”的红袋鼠满身肌肉，贪吃、暴躁、战斗力极强，成功吸引了观众的目光。红袋鼠在现实生活中的表现也确实如此——体型彪悍、战斗力惊人。

红袋鼠又叫赤大袋鼠，是现存最大的有袋类动物。红袋鼠原产于澳大利亚，雄性红袋鼠体长1.3米至1.6米，粗壮的尾巴有1米至1.3米长，体重一般为55千克至90千克。成年雄性红袋鼠站立高度可达1.8米，最大的站起来高达2.1米，体重接近100千克。相较而言，雌性红袋鼠体型略小，毛色也略浅。雌性红袋鼠体长一般为0.85米至1.05米，尾长0.65米至0.85米，体重通常为18千克至40千克。不过在干旱地区，雌性红袋鼠的毛色和雄性红袋鼠差别不大。

红袋鼠广泛分布于澳大利亚，它们喜欢生活在草原、灌木丛、沙漠和开阔林地，在稀树草原中最为常见。在澳大利亚内陆生活不是一件容易的事，好在红袋鼠具备了特别的生存技能，它们能在植物发黄枯萎的季节找到足够的食物，也可以在缺水的旱季正常生存，还能通过一系列物理、生理机制和行为上的调整，为自己降温。

红袋鼠是食草动物，在旱季，红袋鼠会待在广阔的草地上，并沿着水道寻找食物。红袋鼠主要在黄昏和夜间活动，白天除了吃草之外，会尽量减少运动，躲在树荫底下大口地喘气，并不断地舔自己的小短手。你是不是觉得它很爱干净？其实，红袋鼠小短手上的皮肤较薄，布满了血管，不断舔舐小短手，能让口水在蒸发的时候带走热量，有效降温。

红袋鼠的生存能力很强，但遇到食物短缺的时节，它们也会束手无策。虽然没有办法改变外界环境，但是袋鼠妈妈可以使用自己的一项超能力——胚胎滞育，让宝宝等到合适的时间再出生。刚出生的红袋鼠宝宝只有花生米那么大，需要在育儿袋里继续发育33天左右，等到7~10个月时才会慢慢离开育儿袋下地玩耍，生长至12~17个月时才会断奶。在胚胎滞育的这段时间，袋鼠妈妈完全可以挑选水草丰沛的日子让宝宝出生。

在人们的印象中，红袋鼠一直是跳跃的。成年雄性红袋鼠跳跃高度可以超过9米，时速可达65千米/时，而且跳得越快，能量利用率越高，在全速前进的时候，能量回收率可达70%，是妥妥的跳高健将。

至于雄性红袋鼠为什么体型彪悍，很简单，是为了吸引雌性红袋鼠的目光。雄性红袋鼠的地位一般由打架来决定，打赢的雄性红袋鼠可以赢得靠近发情雌性红袋鼠的机会，如果挑战原来的老大能够成功，就可以取而代之，成为新的老大。有时候，雄性红袋鼠秀肌肉的动作也可以作为一种信号，达到不战而屈人之兵的效果。所以，强势的雄性红袋鼠会经常摆出展示体型和肌肉的造型，以此震慑对手。

曾经的天敌袋狮灭绝后，红袋鼠基本上没有了天敌，从此在澳大利亚大陆称霸。此外，红袋鼠还是游泳的好手，如果遇到危险，它们会用小短手把敌人按入水中，使敌人溺死。在电影里，红袋鼠“刚子”是比较写实的，它确实可以作为主角独自生活在月球上。唯一需要注意的是，千万别惹恼了红袋鼠，否则它的战斗力会让人吃不了兜着走。

在布谷鸟的叫声中醒来

□文/王纯

我手机闹钟的铃声是布谷鸟的叫声，每天被鸟鸣声叫醒，像是新一天的美好邀约，让人心生欢喜。

我喜欢布谷鸟的叫声。在我的记忆中，布谷鸟的叫声有着鲜明的特征，很能引起人们的注意。布谷鸟是一种极富智慧的鸟，它熟悉大自然的变化规律，对节气了如指掌；它能自如地应对时令变化，还能提醒人们进行种谷、插禾、割麦等农事活动。千百年来，布谷鸟深得人们的信赖，所以尽管它的叫声不那么嘹亮婉转，人们依旧喜爱它。

我觉得布谷鸟是底蕴丰厚的鸟，它的声音不像那些肤浅的鸟一般叽叽喳喳，而是清脆悠长的。如果你仔细听，甚至能够听出其中语重心长的劝导之音：“布谷布谷，割麦种谷；布谷布谷，割麦种谷……”仿佛是在催促人们赶紧劳作。

其实，我小时候是有些害怕布谷鸟的叫声的，没有别的原因，只是因为它总在催赶人们劳动。尤其到了麦子成熟之际，布谷鸟叫得更勤了，催促人们快快割麦，不能耽搁。父亲听到布谷鸟的叫声，语气里满满都是欣喜：“麦熟一晌，虎口夺粮！”他手握镰刀，磨刀霍霍。镰刀在炽热的阳光下明晃晃的，光线有些刺眼。我眯着眼说：“这么热的天，下地割麦太难受了！”父亲说：“你没有听到布谷鸟在催了吗？人不在麦田里摔打摔打，骨头一辈子都是软的！”那时候，我觉得布谷鸟的叫声没有半点悠然洒脱之气，完全不像其他鸟的叫声那样闲适，很多可爱的鸟儿不关心粮食和生产，只是用清脆之音传递着自然界的花开花落等美丽讯息，而布谷鸟的叫声让人觉得疲惫和辛劳。

“卧听堂南布谷鸣，陇头细麦已青盈。”温热的南风吹过，麦田的颜色渐渐变黄，布谷鸟的催促更加频繁了，我跟着父母下地割麦。火热的季节，我们在麦田里挥汗如雨。布谷鸟看到人们按照它的提醒，井然有序地投入劳作，仿佛觉得完成了伟大的使命一般，叫声中多了些许欣慰。热浪阵阵翻滚，麦茬散发着清新的草木气息，在埋头劳作中，我完成了脱胎换骨的变化。果然像父亲说的那样，我的身体有了力量，肩膀也不再稚嫩。再大一些的时候，我学会了像父亲那样享受劳动的乐趣。人生在世，有一种幸福叫劳有所获。付出了辛苦，收获了果实，这是生活赐予我们最大的幸福，布谷声声，传递的就是这样朴素的道理。我渐渐喜欢上了那种清脆悠长的鸟叫声。

后来，我不再从事田间劳动，对布谷鸟的感情却越来越深厚。每当听到布谷鸟的叫声，我就像进入了一个神秘的磁场，兴奋万分。布谷声声催，田间丰收时，丰收的喜悦和满足，以及对未来的期盼和憧憬，都充溢在心间。

如今，故乡的麦田又是一望无际的金黄色了吧？布谷鸟已早早从乡间来到城里给我报告消息，走在城郊的田野里，不时就能听到布谷鸟的叫声。这叫声是那么亲切动听，如同乡音一般，能够重现关于成长与变化的秘密，能够明晰往事与乡愁的线索……我朝着故乡的方向深情眺望。

城市的版图里没有麦田，但我每天清晨在布谷鸟的叫声中醒来，就闻到了缕缕麦香。

懂路径积分的蚂蚁

对于蚂蚁来说，认路能力是刚需。有幸的是，蚂蚁有着令路痴非常羡慕的超能力——它们从来不会迷路。

植物消防员天门冬

□文/李轩畅

一场森林大火过后，许多植物都被烧焦碳化，但是，有一种植物不会被烧死，还能灭火呢！

这种神奇的植物是天门冬。天门冬是一种攀缘植物，百合目天门冬属的多年生草本植物，主要生长在我国西南地区云南、贵州、四川等地。那么，天门冬究竟有什么灭火绝招呢？

秘密就藏在天门冬针叶表面的微型包状气孔中。天门冬通过光合作用吸收二氧化碳，将一部分二氧化碳和水转化成储存能量的有机物，并且释放氧气，另一部分二氧化碳则通过导管储存到叶面的微型包状气孔中。天门冬生长旺盛时，人们用高倍显微镜观察可以清楚地看到叶片表面的透明包状突起，其中满是天门冬储存的二氧化碳气体，这些二氧化碳气体就是天门冬对付火灾的“撒手锏”。

天门冬是怎样运用的“撒手锏”呢？当天门冬的叶片遇到火星后，会大量蒸发水分，针叶表面的微型包状气孔受热后会张开，二氧化碳气体随水蒸气喷溅而出，将火星灭掉。当火焰威胁到天门冬的根部时，大量的微型包状气孔会受热崩开，其中的二氧化碳气体会从针叶的气孔中喷出，甚至能将火源吹开一定距离，一段时间后，天门冬的周围会形成一层二氧化碳保护层，同时，大量的二氧化碳气体会使空气中的氧含量减少，燃烧就会变得缓慢，甚至停止。这样一来，天门冬就不会被烧伤了，这与二氧化碳灭火器的原理是一样的。

想要灭火，二氧化碳可不能太少了。为了多存些“撒手锏”，天门冬大多长得枝繁叶茂，叶子上有大量储存二氧化碳的微型包状气孔。天门冬能够进化出灭火的本领，也是经过了漫长时间的考验，在遗传变异、自然选择中逐步形成的。灭火的本领既能让天门冬的家族繁衍下去，保证种群不会灭绝，又能保护生态环境，有助于维持地球的生态平衡。

大千世界，无奇不有。毫不起眼的天门冬居然是植物界的消防员。

善变的白色精灵

□文/韦来

在人迹罕至的山林里，顺着坡崖陡壁寻找，也许你会有幸在枯枝败叶之间看到球果假沙晶兰的身影，它们通常是丛生的，最大的特点就是善变。

一忽儿，球果假沙晶兰看起来像白色的小海马。它的高一般在7~17厘米，茎粗只有3~6毫米。它喜欢低着头，当花冠没有完全绽放的时候，头部和身子以俯仰的状态直立着，加上茎部瘦骨嶙峋的样子，很像白色的小海马，但球果假沙晶兰是山里的植物球果假沙晶兰生长在亚洲东部和南部的热带、温带地区海拔900~3100米的针阔混交林或阔叶林下。假沙晶兰属有两种，其中球果假沙晶兰分布范围相对广泛，主要分布在中国的西藏、云南、四川等地，甚至台湾岛、胶东半岛和俄罗斯南部沿海地区等也有分布。

你别以为知道球果假沙晶兰长在哪里，就很容易碰见它。球果假沙晶兰数量稀少，花期短，你想要一睹芳容，不仅要碰运气，还要花费功夫。球果假沙晶兰的花期只有一个月左右，当它钻出地面，拂去身上的落叶和尘土，完全展露出容颜的时候，其实已经快走到生命的尽头了。如果在开花时没能邂逅它们，你就要再等上一年的时间。因此，球果假沙晶兰总是给人很诡秘的感觉，想要将它带回家移植、研究根本行不通。

一忽儿，球果假沙晶兰又如同水晶烟斗。当它伸直腰杆，打开花苞后，模样又变了，此时，如果从侧面横着看，它就像一只烟斗，而且是水晶做成的。球果假沙晶兰的外形结构也和烟斗一样简单，绽放的花朵就是“烟斗”，茎部恰如有着一定弧度的烟斗杆，茎上还附着些鳞片，那是它的叶子。然而，如果解剖开来仔细观察，这朵看似不起眼的小花内部结构可谓复杂。球果假沙晶兰晶莹透明的花瓣围捧着8~12根花丝，这些有粗毛的花丝仿佛还包络着一个透着蓝色光芒的面。球果假沙晶兰花的形状是由雌蕊决定的，雌蕊是由子房和漏斗状的柱头一体构成的，柱头的四周散布着细密的黄色花药，当果实成熟后，雌蕊的肚子就会胀大如球形，球果之名正源于此。

一忽儿，球果假沙晶兰又成了名副其实的“冥界之花”。球果假沙晶兰喜欢阴暗的生存环境，不易被寻见。在幽暗的林间，特定的光照条件下，它会发出淡淡的荧光，加上外形富于变化，更令人觉得其行迹神秘。除了“冥界之花”的外号，球果假沙晶兰还被称为“幽灵草”或“梦兰花”。在某些神话小说里，球果假沙晶兰甚至被赋予魔力，成为起死回生的仙草。其实，用科学的眼光来看，球果假沙晶兰并没有那么神秘，小虫子就能咬断它的植株体。球果假沙晶兰属于被子植物，但古怪的生长习性与蘑菇等菌类类似，不能进行光合作用，开花时全身晶莹剔透，美若仙子，枯萎时则黯若黑漆。作为一种腐生植物，球果假沙晶兰所需的营养主要靠根部的共生真菌提供。共生真菌会分解、利用土壤中的腐殖质，然后转移部分营养物质来支持球果假沙晶兰生长。

记住这个白色精灵了吗？以后看见球果假沙晶兰，你可别被它多变的模样蒙骗了。

初夏的白

□文/许冬林

一入夏，许多艳色的花儿都暂时歇了场，傲然坐在枝头的是小小的白花儿。

白花不招摇。夏是低调的。

初夏有茉莉，开着白花的茉莉。

梅雨季将至未至，空气先已起了湿意。爬满青苔的老宅前，青砖灰瓦的廊檐下，茉莉啜饮着南方的露水，不大的卵形叶子缀满极细的枝干，然后吐出纽扣般大小的花蕾。白色的花蕾三五颗聚在枝尖上，像几粒豆子，微微染着一点豆青色。

茉莉那些白色的花儿盛开时，悠悠散着淡雅的香味儿，一种我且盛开但不惊扰叶子的意思，绿才是夏天的主题。茉莉花瓣单薄，若是放在杯子里，没个三五朵，是铺不满杯口的。茉莉花期也短，花再美，也只开一天。

少女时候，我买香水，最爱茉莉香味。后来喝茶，我也爱茉莉花茶。及至成年，我也只想低眉做一个像小白花一样的女子，不追求浓烈，干净就好，淡然就好。

初夏有金银花，初开白色，后渐渐变成金黄色，盛开时，寸把长的细细花蕾裂开，香气乍泄，仿佛无数小蜻蜓停栖在悠长的藤蔓上，呼唤雨季到来。记忆里，老家的土篱笆墙上，睡着一堆厚厚的金银花藤，篱笆墙下丛生野蔷薇。花开时节，金银花和野蔷薇相望相迎，乡人荷锄下地，路过也不采，只有野蜂子在那里嗡嗡地扑扇着小翅膀，也像荷锄奔忙的农人。

金银花开过，便是栀子花开。栀子也是开白花的，但栀子花比茉莉花开得要胆大些、直白些、率性些，有些质朴和热情的感觉。那花有掌心大，重瓣的甚至有碗口大，一朵花的香气能溢满一间屋子，一棵花树能香大半个村庄。所以，在栀子花盛开的初夏，我居住的村庄仿佛被花香给抬升起来了，淡淡地浮动。

有一天晚上，我开车行驶在巢湖边的湖滨大道上，夜色和路边的树木、芦苇都那么幽深，心中莫名生起漂泊的孤寂。这时，我忽然闻到风里一缕栀子花香，不禁放慢车速，心儿也在花香里缓缓安妥。在我的惯性思维里，有栀子花的地方，必有村庄，必有一户户安静生活的人家，那人家也必有纯洁的、好看的儿女……人世是这样端然美好，寻常烟火也可亲可敬的。

早前，我们小镇的江堤脚下还有成片的荷塘，塘里白荷花居多，覆盖了茫茫的水面。也有红荷花，摇曳在塘边的蒲草和芦苇丛里。童年时，我喜欢和同桌去采红荷，红荷耀眼，总有些鼓荡人心。

白荷自然不可随意采摘，因为那是家养的荷花。所谓家养的，大约代表着正统，代表着被认同，也代表着身份地位。我心想着，长大了，可一定要做白荷一样的人。

冬天，人们抽干荷塘的水，下塘挖藕。在白花花的冬阳下，许多人赤了脚去踩，去寻最粗的、最长的藕，那是白荷花身下结出的白藕。

暮春天，父亲在屋后的长宁河里种菱。虽然只种了三四丛，但菱长得快。父亲说：“六月六，发一间屋。”那能摘多少菱角啊，这童年里最清甜的水果！在我们的方言里，“六”和“屋”的韵母发音都发“e”。到了六月，一株菱，可以在水面抽枝散叶铺出一间屋那么大的场面，这是一株柔嫩纤弱的水生植物默默撑开的生命格局。

菱开白花。在初夏，白花出水，蛾子似的，比茉莉花还要小得多，仿佛不愿意让人知道它开花了。

清荷沁夏凉

□文/宫凤华

“菰蒲无边水茫茫，荷花夜开风露香。”菰蒲凝绿，湖水浩荡，夏月挂檐，粉白荷花沾着清澄月光绽放，风露渗透幽香。有蒲与荷，清欢情味，内心丰沛而滋润。

门前芰荷，屋后竹林，院中构树，一畦青蔬，栀子凤仙木槿，晚风中自在妖娆。荷花如清纯村姑，袖纱轻挽，皓腕凝雪，清秀可人，灵动而沉静，温婉而蓬勃。清荷散发着俗世的慈悲光芒，透着禅意、空灵通脱。黄昏时分，天幕秾丽，荷叶上飞舞点点蜻蜓，利索而莽撞，像流动的诗行。

我常常伫立于老槐树下赏荷。槐荫匝地，身心清凉。荷花盈出水面，清雅，柔美。蜻蜓蚱蜢翻飞，河鲜泼刺有声，青蘋水蓼如精致花边。荷叶青青，叠翠涌波，层层远去，似绿锦漂浮水面，深沉厚重，撩拨人心，激荡着生命活力的蓬勃之美。荷花千娇百媚，把一汪碧水渲染得华丽鲜亮，再现“却是池荷跳雨，散了真珠还聚。聚作水银窝，泻清波”的美妙意境。

老屋木格窗外，渗进如鼓蝉声，有丝竹之韵。院角几茎薄荷，优雅安静，浓绿幽密。采几片薄荷叶冲茶，茶香氤氲一室。还可以到河边折一茎荷叶，晒干后烹茶。静躺藤椅，看叶片沉浮，悟人生冷暖。薄荷似荷，荷风清凉，宋代史浩“过横塘。见红妆翠盖，柄柄擎香”的佳句翩然而至。

偶有凉风飒至，荷塘花叶摇曳生姿。雨中之荷委婉柔美，风中之荷却雅丽绰约，一一风荷举。月色溶溶，清荷盛几粒晶莹露珠，盈盈滚转，欲合还分，清雅如梦中仙子。青雾如女人眉黛上的清愁一蹙，荷叶挤挨，交头接耳，携手相拥，神韵迷人。荷叶皎月相映，荷花晚风共舞，渗透着无限画意和清雅诗情，令人想起张潮的文字：“楼上看山，城头看雪，灯前看花，舟中看霞，月下看美人，另是一番情景。”荷叶轻舞，有一种缠绵悱恻的多情韵致。雾成了水草舞动的轻纱，翩跹而起的，是水的浪漫，是大自然的神奇。光影迷离，有倪瓒山水画的畅快淋漓。

走近荷塘，匝树鸟鸣，岸芷汀兰。捧一枝荷凝望，一花一叶，删繁就简，清爽怡人。天青色等烟雨，荷莲等的是赏花的清俊寒士。一朵荷花，是一颗燃烧的芳心。花瓣肥硕，有盛唐气象。花色艳丽，灼人眼目。荷叶墨绿，绿得深沉固执，采集天地灵气。荷面上脉络矜持，如线条细腻精致的工笔画。有青蛙骨碌着眼睛，一动不动，为荷塘平添几分生趣。婷婷荷花，或羞怯，或热烈窥视我。亭亭荷叶，或舒展，或卷曲，平铺水面。整个荷塘犹如绿色绸缎，柔滑而清凉。

梅雨天，一盏荷叶茶在手，香气袅袅中，读而有味。雨落荷叶，跌宕起伏，飞珠溅玉，别有一番韵味。此时读书，过目不忘，此情此景，刻骨铭心。悠然心会《浮生六记》中的芸娘，“夏月荷花初开时，晚含而晓放。芸用小纱囊撮茶叶少许，置花心。明早取出，烹天泉水泡之，香韵尤绝”。此种聪慧风雅，此种雅致情趣，此种茶荷窨制的醇香，令人内心一片风光旖旎。听到远处村妇叫卖荷叶粥，叫声婉转悦耳。

母亲喜欢用荷叶铺在箅子上蒸馍，蒸出的白馍便浸润着荷香。村头称肉时总会用荷叶包裹，这种鲜明浓郁的生活情味印刻在心。酷暑闲暇，采两片新鲜荷叶，煮一锅清香扑鼻的荷叶粥，消暑解渴，养眼爽口。粳米、绿豆，用大火煨烂，将翠生生的荷叶覆于粥面，文火焖煮，不久便溢出诱人的荷香，盛上两碗，轻轻地啜，细细地品，荷香在碗内弥漫，在舌间升腾，荷的香气与凉意如宋词一般芬芳。

纳兰性德钟情荷花，瓮山泊畔有芙蓉十里，玉泉山下有芙蓉殿，渌水亭边碧水菱荷。李渔盛赞荷花："有风既作飘飖之态，无风亦呈袅娜之姿。"洛夫在《众荷喧哗》中深情地写道："要看，就看荷去吧/我就喜欢看你撑着一把碧油伞/从水中升起。"季羡林的《清塘荷韵》，让人为世上微弱的生命感到骄傲。张大千画荷，善用墨色表现，颇有水汽氤氲的厚重与清凉。大师黄永玉笔下的荷，饱满莹润，充满张力，每一幅荷图里都注入了他的心境，行走与静止结合、活泼与抽象相佐。

"小楫轻舟，梦入芙蓉浦"，荷花依旧，青盖亭亭，风过荷举，暗香涌动。喜欢荷花的简洁与素静、慈悲与禅意、纯净与唯美。云羡荷清香，荷慕云飞逸，人生云水过，平常自然心。

诗人伊迪特·索德格朗说："在这五光十色的世界里，我要的只是公园里的一把长椅。"我独爱那片清荷，欣赏或赞美，留恋或痴迷。悟对一池清韵，心静如水，清欢从容，柔软丰盈。

有用的“无用之木”

□文/刘际璇

从唐代欧阳詹的“桃李有奇质，樗栎无妙姿”，到宋代苏轼的“君才不用如涧松，我老得全犹社栎”，再到宋代陆游的“池鱼往者忧奇祸，社栎终然幸散材”，不难看出，在古人眼里，栎就是不才、无用的代名词，貌似除了能用来烧炭取暖之外，栎就是无用之木。然而，古人不知道的是，栎不但不是无用之木，而且浑身都是宝。

栎，是一种落叶乔木，它的叶子小而硬实，叶边有细小锋利的齿，树冠较大，树皮黑褐色，花是黄褐色，果实叫橡子或橡斗。在中国，栎是一种非常古老的树种。

栎的果实橡子与板栗很相似，它们有一个共同点——被一层硬硬的外壳包裹，植物学家称为“壳斗”。在通常情况下，板栗被壳斗完全包裹，不能徒手剥开，而橡子的外壳会自动脱落。另外，橡子内仁富含淀粉，曾经是人类抗御饥荒的重要食物。

除了橡子内仁曾经对人类果腹作出过贡献之外，栎树皮的“有用”就更神奇了。俗话说“人怕伤骨，树怕伤皮”，栎却偏偏是一个不怕被剥皮的“硬汉”，被剥皮的栎树不仅能继续成长，第二年还能被接着剥皮。

在栎树的表皮下面，有一层发达的木栓层，轻按树皮会觉得软软的。这层木栓层的形成层向外侧分生出大量的栓皮细胞，从而形成木栓薄壁组织。这层组织因其质轻、易伸缩、耐摩擦、绝缘、隔热、化学性能稳定等优良特性，被称为“软木”。软木资源的利用历史非常久远，早在公元前3000年，我国就有在钓鱼器具中应用软木的记载。栎树皮最主要的用途，还是人们熟悉的葡萄酒瓶的木塞，据说用栎树皮制作的瓶塞会让葡萄酒更加香醇。如今，葡萄牙波尔图葡萄酒和法国香槟酒的瓶塞都是栎树皮制成的。

栎树有着超强的保温能力，即便在2500万年前的冰河时期，许多物种都因寒冷而灭绝，它却奇迹般地生存了下来。更让人意想不到的是，栎树不仅保温，还阻燃。在森林火灾频发的环境中，阻燃特性常常让栎树幸免于难。

栎树静静地从远古走来，质朴无华，没有什么特别引人注目的外貌。尽管在古人眼里，它被视为无用，然而人类终究发现了它的有用之处。

安安静静的荇蓬草

□文/程应峰

一早一晚，我来到小区水榭停驻一时半刻，看水中一大片“睡莲”，很是尽兴。

水中“睡莲”其实不是睡莲，只是它的叶子跟睡莲长得太像，而且也“睡”在平静的水面上。不同的是，这种水生植物开出的花是金黄色的，一小朵一小朵，很精致，与睡莲大朵大朵的红花或白花有着显著区别。一开始，我不知道这种水生植物的名字，只凭自身认识把它叫成“睡莲”。

看着这些躺在碧水之上、蓝天白云之下安安静静的“睡莲”，我的心境是熨帖的、安然的。大脑中每每跳出“出淤泥而不染，濯清涟而不妖”之句，竟是那么自然而然，顺理成章。

当早晨的阳光或傍晚的夕阳照向微澜轻漾的水面，水面变幻的色泽呈现出来的神秘意味，让我想到了法国印象派绘画大师莫奈笔下的《睡莲》，那些神奇的笔触描绘出的倒影和光，伴随眼前的“睡莲”，梦幻般闪烁在我繁复的想象中。

后来，我从网上得知，这种水生植物名叫荇蓬草，别名黄金莲、荇蓬莲，有着和睡莲一样的外形。荇蓬草开出一小朵一小朵金黄色的花朵，就像精灵在水面上舞蹈，让人心生怜爱。

荇蓬草有着圆圆的、大小适中的叶片，总是静静地铺开，安静地躺在水面上，也有少数挺出水面。倘若作为开阔园林水景观赏之用，荇蓬草可与莲花、荇菜、香蒲、黄花鸢尾等植物搭配，形成绚丽多彩的、赏心悦目的水上景观。

有人研究过，一株萍蓬草一次只开一朵花，当花儿谢了，其他花苞才会挺出水面，形成排队开花的现象，而且花茎只有在挺出水面六七厘米时才会开花。在花朵快要开放时，如果是在花盆里，加水使水面升高，花茎会快速生长，抽高到离水面约六厘米再开花；如果在花茎刚挺出水面时，让水位下降约六厘米，花茎会停住不生长，约六天后开花；已经开放的花朵，如果加水盖过花的高度，花茎则会再次长高，让花儿挺出水面。

这个研究表明，为了生存，安安静静的萍蓬草有着不可轻易更改的生命法则。在野外，因为气候或其他环境的变化，水域的水位高度会随之改变，而萍蓬草的花朵会随着水面的升降，精准地调节距离水面的高度。

萍蓬草有自己的开花法则，萍蓬草的花与水有距离地“相随”似乎是一种宿命。于我而言，临水养目，观花养心，既是人生的幸事、美事，又是安适快乐的开心事。

阿拉伯婆婆纳——童话故事里的蓝精灵

□文/杨世诚

经常经过山东省青州市丰收路的集市地段，我几乎每次都会被那一群群“蓝精灵”所吸引，不由自主地停下脚步。它们有一个稀奇古怪的名字，叫作阿拉伯婆婆纳。

阿拉伯婆婆纳开出的蓝色小花让人无法忽视。花有四瓣，其中三瓣是偏深一点的蓝色，一瓣是偏浅一点的蓝色，花心和花蕊呈白色。每一瓣花瓣上都有条纹，很像蓝色眼睛长着长长的睫毛。每朵花就像遗落在草丛里的星星，忽闪忽闪的，又像童话故事里的蓝精灵。

阿拉伯婆婆纳总是盎然地遍布成长的地方，不张扬，不喧嚣。青叶蓝花，在树下、杂草中，它们神采奕奕，充满快乐与生机，像精灵，自由，奔放，清纯。一朵朵“小喇叭”似乎在呼喊，又似乎在歌唱，欢迎春天的到来，歌唱美好的生活。

阿拉伯婆婆纳不仅名字奇怪，其背后还有一段唯美的爱情故事。

据说，西亚有一个叫“阿拉”的老伯，思念去世的老伴，常常哭泣地喊着“婆婆呐”，泪水滴落到草丛间，眼泪滴落处就开出了一朵朵蓝色的花，像老伴的眼睛闪亮着、凝视着，陪伴在老伯的身边，老伯走到哪儿，花儿就开到哪儿。人们被花儿的深情感动，就把这种花儿叫作“阿拉伯婆婆纳”。

还有一种说法，阿拉伯婆婆纳因其果实形状似老婆婆做针线活的道具而得名。

我查阅《中国植物志》电子版后得知，婆婆纳属植物约有250种，广泛分布于全世界，主要出现在欧亚大陆，我国有61种，遍布大江南北、长城内外，但多数种类产于西南山地。

明代的《救荒本草》最早记载了婆婆纳：“婆婆纳，生田野中，苗塌地生，叶最小，如小面花黶儿，状类初生菊花芽。叶又团，边微花如云头样，味甜。救饥采苗叶煠熟，水浸淘净，油盐调食。”可见，当时的人们对婆婆纳已经非常熟悉，不仅欣赏它的美，还采摘回来做美食，不过，婆婆纳的味不是甜的，而是微苦的。

《救荒本草》记载的是我国本土的婆婆纳，它的花和叶子都比阿拉伯婆婆纳略小，花大多数是浅粉色的。我国本土婆婆纳不像阿拉伯婆婆纳那么泛滥，因此我们见得也少。

阿拉伯婆婆纳，又叫波斯婆婆纳，是一种入侵植物，最早收录它的是1921年出版的《江苏植物名录》。它们适应性强，生命力旺盛，尤其在长江中下游地区，阿拉伯婆婆纳已成为较难防除的阔叶性杂草。每年三四月和十一月，它有两次萌发高峰期，五月之后它结籽枯萎，开始另一轮生命循环。

阿拉伯婆婆纳恬淡安然，按照自己的节拍，开自己的花，结自己的籽！大自然是包容的，生命是伟大的。

世间没有绝美，存在即合理。凡尘路远，淡然在心，走过一段又一段旅程，用心守护每一程的静美。

“范特西虫”这个名字不错哦

□文/姜常红

“我给你的爱写在西元前/深埋在美索不达米亚平原/几十个世纪后出土发现/泥板上的字迹依然清晰可见……”这是周杰伦的歌曲《爱在西元前》的歌词，出自他的经典专辑《范特西》。没想到，近20年后，这张专辑的名字与5亿年前的一种三叶虫产生了联系。

2018年，中国科学院南京地质古生物研究所硕士研究生孙智新、博士生曾晗和导师赵方臣等在山东潍坊的华北地台寒武纪中期馒头组地层中，发现了一类独特的三叶虫。这种三叶虫的头部轮廓很特殊，酷似一对兔子耳朵，而传统的三叶虫头部通常是半圆形的。新型三叶虫的外貌十分出人意料，孙智新把它命名为“耳形范特西虫”，意思是其具有奇幻而超乎想象的外貌。

三叶虫是出现在距今5.2亿年的寒武纪早期的最有代表性的远古动物，是节肢动物的一种，全身明显分为头、胸、尾三个部分，身体表面长着坚固的背甲，所以名为三叶虫。它们是寒武纪的霸主，有的科学家把寒武纪称为“三叶虫的时代”。从距今5.2亿年的寒武纪早期开始登场，到2.4亿年前的二叠纪完全灭绝，三叶虫在地球上生存了约3.2亿年。

相比尾部，三叶虫头部的演化过程更保守，所以在寒武纪早中期的褶颊虫类中，三叶虫头部特化的例子极为稀缺。新发现的耳形范特西虫体长约4厘米，头部长度接近身体总长的一半；鞍前区向前延长，中部有一个凹口；由于特殊的头盖形态，活动颊特化成侧边缘平直的砍刀状。这些特征及其特殊的眼脊和头鞍特征，使得耳形范特西虫明显不同于同时期的其他三叶虫属，成为发现的寒武纪三叶虫家族的又一新成员。

按照惯例，用发现地、发现者或者外貌形态特征命名是古生物命名中的经典做法，这个三叶虫本应该叫作“耳形潍坊虫”，但孙智新想到一个与它独特的外形更般配的名字。“范特西”在古希腊语里是奇幻的意思，正好对应新发现的三叶虫清奇的外形，并且它与《爱在公元前》的歌词有些关系，也是来自公元前，而且是“几十个世纪后出土发现”的。这样取名的效果令人印象深刻，就像“周杰伦”们的口头禅“不错哦。”

孙智新是个“90后”，他对化石的兴趣是从中学时代开始的。那时，他在网上看到一些化石爱好者寻找化石的信息，觉得很有趣，也在家乡附近寻找化石。没想到，他还真找到了一块特别的寒武纪节肢动物化石。这一发现令孙智新十分欣喜，他给中国科学院南京地质古生物所的一个老师发了一封电子邮件，对方的回信肯定了他发现化石的意义，而且与他合作撰写了一篇论文。

这更加激发了孙智新寻找化石的兴趣。高中毕业后，他义无反顾地选择了地质相关专业，每到假期就到处寻找合适的地质剖面。由于他对寒武纪时期的兴趣最浓，读大学期间，他利用所学知识在老家及周边找了几个不错的剖面。随后，他申报了大学生创新项目，在导师赵方臣的指导下，开始对山东寒武纪地层进行探索和研究。

三叶虫是最具有代表性的远古动物之一，耳形范特西虫的出现为这个庞大的家族增添了新成员，也更加坚定了孙智新继续搜寻与探究相关内容的信心。

塞伦盖蒂的战争与和平

□文/张云广

东非塞伦盖蒂大草原是野生动物生存的角力场，大自然中一幕幕精彩的生存剧情在这里年复一年地上演。

同为捕食者的狮子和鬣狗是一对老冤家，两大阵营的战争从未真正停止过。如果鬣狗在数量上与母狮达到4：1时，就敢从隔空骚扰模式切换成狮口夺食模式。关键时刻，唯有体型庞大的雄狮加入战斗，才能瞬间扭转战局。

战争的参与者还有独行侠花豹、陆地“速度之王”猎豹，以及善于团队合作与长途奔袭、捕猎成功率高达80%的非洲野狗……它们根据对自身与对方实力的判断，选择符合自己利益的进退举措。

最激烈的角力莫过于食肉动物和食草动物之间的交锋，那是速度、力量、策略和技巧等全方位的大比拼，前者为了填饱肚皮，后者为了保全性命，场场都堪称生死大战。

雌狮能够在几秒内把速度提升至每小时55千米，但它并不善于长途奔袭。斑马在6秒内加速就可以超过雌狮，瞪羚则只需4秒，狮子必须靠伏击、突袭才能制敌。单个雌狮捕食成功率不高，但集群作战效率就会大幅提升。尤其在夜间，狮子的暗夜视力是人的6倍，听觉灵敏，可侦察到1600米外的声响，雌狮在夜色的掩映下摆好口袋阵，接近目标发动袭击，往往让猎物防不胜防。

相对于捕食者内部及捕食与反捕食的较量，庞大的食草军团内部的不同动物之间极少发生争斗。

有时候，旱季会持续8个月之久，被雨水滋润的肥美草地就成了食草动物迁徙的原动力。退一步讲，即使没有旱季逼近，也没有一处草地可供长久啃食，因此为食物而迁徙是势在必行的事情。于是，地球上蔚为壮观的动物大迁徙拉开了序幕。这是一支规模可达200万数量级的队伍，斑马、角马（牛羚）和羚羊是三大主力军。

粗而硬的草叶是斑马的最爱。不过，这些草叶纤维多而营养少，需要大量食用才能满足生长和体力的需求，所以食量惊人的斑马总是走在队伍的最前面。

斑马之后是角马。角马的体型与斑马相当，主要以植物的短茎为食。角马具备反刍能力，可以对吞入胃中的食物进行再消化和再吸收，大大提高了食物的利用率，因此不必像斑马那样大量啃食草叶。

角马后面是羚羊。经过两轮“割草机的机械作业”，沿途的草所剩无几。由于羚羊主要吃角马留下的鲜嫩草芽，加上它身体小巧，消耗较少，且同样具备反刍能力，所以没有饿肚子的忧虑。

没有利益上的相互妨碍，自然不会有大的冲突，斑马、角马和羚羊三者之间总能和平共处，相安无事。

有惨烈的战争，也有共处的和平，想要真切地感受战争与和平的场面，不妨到塞伦盖蒂大草原来看看。

懂路径积分的蚂蚁

□文/红尘布衣

蚂蚁过着群居生活，有固定的巢穴，它们需要频繁地去未知区域寻找食物。对于蚂蚁来说，认路能力是刚需。有幸的是，蚂蚁有着令路痴非常羡慕的超能力——它们从来不会迷路。

人类是以空间想象或文字编码的形式记忆路线的，那么，蚂蚁是怎样认路的呢？

原来，蚂蚁是通过一种叫路径积分的过程记忆路线的。路径积分和数学上的矢量加法计算有点类似：当蚂蚁从一个起点（比如巢穴）开始移动时，每经过一小段距离，它就会通过视觉等感官信息（比如太阳位置）来判断当前位置相对于上一个位置的方向和距离，并在大脑中将这段路径以“矢量”的形式储存起来。通过叠加这些矢量，蚂蚁就能估算出当前位置与起点的关系。因此，无论外出路线如何曲折，蚂蚁在返程时都能找到比较直的近道。

虽然蚂蚁可以通过路径积分找到回家的路，但周围的环境复杂多变，比如它抄近路返回时，可能会遇到水流等障碍，甚至天敌，这时蚂蚁是会继续走这条近路，还是选择新的道路？

法国国家科研中心动物认知研究中心的安托因·维斯查奇团队，通过设置陷阱的实验方式研究了这个问题，他们发现：沙漠蚁可以把路线记忆和负面记忆相结合，通过学习过程优化行走路线。具体来说，就是：有的蚂蚁绕开了陷阱；有的掉落在陷阱出口附近的蚂蚁，觉得掉进陷阱后直接从出口出来也不费事，所以继续走陷阱。

研究人员在距离蚂蚁巢穴5米远的地方设置了一个长2米、宽10厘米、深10厘米的陷阱，陷阱内壁光滑，蚂蚁爬不上去，只能从朝向蚁巢方向的出口出去。接下来，研究人员又做了对照实验：在不打开陷阱的情况下，所有蚂蚁回巢的路线都经过了陷阱所在的位置；而打开陷阱后，回巢的蚂蚁在一次次掉落陷阱之后，它们大多便悬崖勒马，从陷阱的起始位置开始重新规划路线，并成功避开陷阱。

研究人员还发现，蚂蚁可以在“摸着石头过陷阱”的过程中逐渐形成绕过陷阱回蚁巢的路线。当蚂蚁落入陷阱时，会在自己掉落陷阱前的一段路线记忆上打上一个“厌恶”的印记，当再次走到陷阱前这个区域时，这段“厌恶”印记就会被启动，使蚂蚁停下来，开始重新扫描周围的环境，并在判断出新的方向后继续前行。也就是说，蚂蚁可以把掉落陷阱的负面记忆与对路线的记忆进行关联，由此逐渐学会绕开陷阱。

此外，掉落陷阱的位置也会影响蚂蚁的最终路线。研究人员发现：如果蚂蚁在掉落陷阱的时候，恰好落在离陷阱出口较近的地方，那它会更倾向于通过掉入陷阱的路线回蚁巢，而非绕过陷阱，因为这样可以更快地回到蚁巢；如果掉落位置距离出口太远，那么它下次会竭力避免自己掉进陷阱，以免耽误时间。也就是说，在某种程度上，蚂蚁有能力计算并选择耗时较少的路线，它们会像人类一样权衡利弊！这也是并非所有蚂蚁都会悬崖勒马的原因。

柳穿鱼——顽强的花之物语

□文/陈雨

“谁说的：一条柳枝穿上一串金鱼，却怎么并不是倒垂，而是直竖？倒不如说，一群金鱼窜进了水藻，这形象岂不是更生动而又佳妙？”早些时候，我读到郭沫若先生这首诗，还有些茫然不解，柳枝怎么穿上了一串金鱼呢？金鱼又怎么成了花朵呢？

世上万物，如果不是今日一闻，竟不知还有这样一种植物，其名字似鱼，实际为花，更不知郭沫若先生描写的正是柳穿鱼。

人有其名，含美好之意，花也有名，正如所生。柳穿鱼，如字面所说，像极了柳枝上穿了一串金鱼。它的花朵很小，但奇形怪状，花冠像一条游动着的金鱼，有两个黄色的斑点，像极了金鱼的眼睛，风一吹，当真如金鱼在水中游动一般，栩栩如生，所以它的别名又称为“小金鱼草”。又因为柳穿鱼产于温带地区，长得极其茂盛，且色彩艳丽，亮泽多姿，如同一个娇美的姑娘，所以在国外它又被称为“新娘草”。如此看来，柳穿鱼不仅美，还惹人爱。

人有人生，花有花期，人活一世，花开一季。柳穿鱼将顽强二字演绎得淋漓尽致。对它而言，生长环境实在可以用“随意”来描述，无论多么恶劣的环境，多么贫瘠的土壤，它都可以按照自己的生长周期开花、绽放。柳穿鱼原产于欧亚大陆北部温带，生在沙地、山坡草地及路边。它的生长时间也与众不同，在9月上中旬播种，11月定植，它要经历寒冬，磨炼品性，翌年夏至开花，冬至凋零，故又名“二至花”。二至花盛开时娇艳美丽，花期又长，无论是养在烟火人家，还是展放在花厅，又或者在路边、沙地自生自长，都展现出一幅令人心情瞬间美好的景象。

柳穿鱼不仅生长顽强，花形漂亮，还有药用价值，可以入药治病。夏季开花时采收全草，晒干并进行加工，可煎药内服，可研末外敷，可清热解毒、散瘀消肿等。与那些花色艳丽、外观娇美、只可观赏的花朵比起来，柳穿鱼多了一种奉献精神，能治疗疾病，造福人类。

这样不平凡的花到底源于何处呢？相传在古罗马时期，宗教派别很多，一些宗教组织不仅大肆敛财，还编造谬论蛊惑人心，对社会稳定构成了极大威胁。一个牧羊人挺身而出，义正词严地揭露那些宗教组织编造的谬论，招致残酷的报复，那些宗教组织绑架了牧羊人，将其杀死在荒原上。第二年春天，牧羊人遇难的地方长出了一种植物，它的株型坚韧而挺拔，枝叶葱绿而茂盛，在满目荒凉的沙漠里构成一道绿意盎然的风景。当地人都认为它是牧羊人的化身，虽然生命已经不复存在，却用另外一种形式彰显了正义的力量，因此，人们将它取名为“正义之花”。

牧羊人的鲜血滋润了沙漠，灌溉了花朵，开出了生命之花。风一吹，草一动，花便开，似金鱼在游动，似牧羊人在微笑。

大耳狐的合作与逃离

□文/张云广

生活在非洲南部卡拉哈里沙漠的笔尾獴是挖洞的能手，一座土丘因为有许多它的杰作，而有了几分地下城堡的模样。

相对弱势的笔尾獴辛辛苦苦挖掘的洞穴，常常会被一些路过的外来户占据，而且很难将它们驱走。

不过，若是大耳狐迁居至此，笔尾獴一般不会介意。大耳狐的主要食物是昆虫和其他节肢动物，不会对笔尾獴的幼崽构成威胁。

笔尾獴是警觉性极强的动物，在洞外，必有成员冒着暴露的风险，直起身子站在灌木的树梢或其他制高点站岗放哨。它听觉不佳，但视觉相当出色，异常敏锐的眼睛犹如雷达不停地向四周扫描，一旦发现可疑目标，比如黑背胡狼在悄悄逼近，就会马上释放信号，通知大家提高防范级别，应对不善的来者。

而此时，轮到笔尾獴的邻居行动了。大耳狐护崽心切，在接收到笔尾獴发出的外敌临近信号后，常常会立刻出洞迎击。它们弓起背，竖起毛，摆出打斗的姿势，全力以赴地保卫家园，直到把入侵者赶远后才肯结束战斗。

如此这般，笔尾獴提供先期的雷达预警，大耳狐负责随后的驱逐行动，两者分工明确，相互帮扶，构成了一套动物界简易而有效的“反导系统”，确保双方的安全指数都能达到一个相对理想的数值。当然，如果遇到力量更加强大的猎豹和狮子，它们只能选择躲在洞穴保命了。

实际上，大耳狐也喜欢与笔尾獴比邻而居，这样彼此能有个照应。

在危机四伏的夜间，如果大耳狐遇上一只受伤的同类，即使已经确认对方是自己的同类，它也往往会避而远之。因为在竞争激烈的自然界，落单的受伤者即使曾经是不可一世的狮子，也难逃厄运，更何况是一只大耳狐。受伤者走路缓慢而不稳的样子，会很快被其他大型肉食者盯上，并把它所处的地带瞬间变成一个极其危险的区域。

从表面上来看，大耳狐“亲异族，远同族”的做法让人费解，但不管是留下来合作，还是为了避险而逃离，大耳狐做出的都是理性的选择。也许，大耳狐并不缺少同情心，但自身无能为力，这或许就是普通动物的无奈之处吧。

宽吻海豚是右撇子

□文/麦淇琳

在美国佛罗里达州碧蓝的海岸边，有一群宽吻海豚经过，它们三三两两地用背鳍划破海面，做出优美的弧形跳跃，然后落水消失，又在十几二十米之外再度凌空腾起。这是《生命》系列纪录片的一个画面，海床上出现了奇异的图案，一个又一个相邻的大圆圈好像巨大的水泡，展现出世上最聪明的动物之一宽吻海豚特有的艺术美学。

宽吻海豚的嘴喙形状像老式瓶子，身体呈流线型，其皮肤光滑，游速大约为每小时5千米至11千米，短时间内最高游速甚至可以达到每小时70千米。在潮涨潮落之间，几只宽吻海豚的背鳍隐约可见，它们用力向下拍动尾巴，搅动淤泥，游出一个圆形。它们重复搅动淤泥的动作，形成一个个的屏障，利用浑浊的泥水将一大群鱼圈绕起来，这浑浊的屏障就像渔网一样将鱼儿困住，令其慌不择路跳出水面，落入等待良久的宽吻海豚的口中。

美国非营利组织海豚沟通计划的专家黛西·卡普兰博士在巴哈马群岛研究宽吻海豚，他发现宽吻海豚会先贴海底巡游，用回声定位确定猎物所在的地点后，再用鼻子伸入沙子中去猎取食物。奇妙的是，就在宽吻海豚向猎物发起攻击前，它会停止向前游动，让身体紧急向左转弯90度至180度，使右侧身体面对猎物。黛西·卡普兰博士的研究团队在2012年至2018年间记录宽吻海豚的709次转弯中发现，有99%以上的宽吻海豚是向左转弯，只有1只海豚向右转弯，总共4次，这意味着宽吻海豚是右撇子。

那么，宽吻海豚为什么是右撇子呢？科学家对此说法不一。一种说法是向左转会使宽吻海豚的右眼和右侧身体更靠近海床，表示宽吻海豚可能惯用右眼；另一种说法是宽吻海豚的食道咽喉分为左右两边，右边比左边宽，让宽吻海豚回声定位发出“咔嗒”声的音唇更靠近头部右侧；还有一种说法是宽吻海豚可能和人类一样，右脑控制左半身，左脑控制右半身，如果视觉和回声定位讯息主要是靠宽左脑处理，它在获取食物时，就会习惯用右眼和右耳。

为了找到答案，研究人员对那只独特的向右转弯的宽吻海豚进行了研究，发现它的右鳍形状异常，但这并不一定是导致其向右转弯的主要原因，因为有1只右鳍受损的宽吻海豚和1只没有右鳍的宽吻海豚仍然向左转弯。研究人员说：海豚在使用右眼时，其视觉、数量和模式识别方面表现得更好。为了找出宽吻海豚右撇子的秘密，我们仍需要进行更多研究。

宽吻海豚常常数百只一同出没，它们并驾齐游，同时沉浮，即便受到惊吓或者外界干扰，也不会四散而逃，而是将身体紧急向左转弯，用右侧身体将受伤的同伴团团围住，解救同伴。这是宽吻海豚超越功利的动物本能，是宽吻海豚的艺术美学。

小熊猫和小浣熊的“干脆面”之争

□文/溟桥

“小浣熊”牌干脆面是在我们口袋里装着两元钱就敢称宽裕的年纪里最简单的、最实惠的快乐，久而久之，“干脆面”也成了小浣熊（浣熊）的代名词。

然而，很多网友会在有小熊猫的文章和视频里评论“干脆面”。小熊猫和浣熊这两个看上去没那么容易混淆的动物，为何会被混为一谈呢？小熊猫毛色呈红褐色，而浣熊则以灰褐色为主，虽然体型相似，且尾巴上都有环状花纹，但从颜色上来看，它们很好辨认。

小熊猫与浣熊体型相似，具有一定的相似特征，小熊猫因此在很长一段时间里被划分在浣熊科。可在最近十多年里，这种结论被推翻，生物学家通过分子遗传学的研究得出结论，小熊猫从基因上更加接近鼬科，因此也可以被认为是广义上的鼬超科动物。简单来说，小熊猫具有鼬科基因，可能是远古时期从鼬科动物中分化而来的，但如今已经不属于鼬科，随后小熊猫被专门“拎”出来自成一体，诞生了小熊猫科小熊猫属。

由此看来，小熊猫头上这顶“干脆面”的帽子也不算凭空而来。

不过，相比科学的观点，“小浣熊”干脆面包装袋上的动物图案可能更配得上“罪魁祸首”这样的名头。它的颜色是浅色偏棕，且具有与浣熊极为类似的深色“眼罩”，可要说这个动物是浣熊，它又没有浣熊尖尖的鼻子和嘴巴。至今，干脆面包装袋上的这个动物到底是谁，网友依然争执不休。

关于小熊猫被认作“干脆面”这件事，很多人感到疑惑的是：归根究底，这不过是一个称谓，为什么在想要将小熊猫与浣熊划清界限的网友眼里容不得半点沙子呢？

这一切还要从浣熊和小熊猫的“品行”说起。

浣熊原名北美浣熊，主要生活在加拿大、美国等地区，它会在吃东西时揉搓食物表面，有时还会将食物放在手里揉搓，看起来像在浣洗，这种习惯也是它名字中“浣”字的由来。这种独特的习性让浣熊一度成为网红动物，那双与浑圆身体呈鲜明对比的小小前爪，凭借“爱干净”和“爱抚摸”的名声俘获了很多网友的心。然而事实上，野生浣熊那双灵活的前爪可不是勤劳的双手，而是用来“搞破坏”的武器。

小熊猫则完全是另外一种画风。作为中国本土动物，小熊猫脸宽毛厚，体型似猫，四肢短粗，脚掌宽大，俨然一副无害的憨厚模样。它习惯独居，完全无法适应人类的生活区域，虽然以素食为主，但对食物比较挑剔，至少对掏垃圾这样的事情没兴趣。由于毛色鲜亮，小熊猫曾遭到人类大量捕杀，不得已成为国家二级保护动物，在动物园通常是和“国宝”大熊猫享受同等待遇。

大部分时候，小熊猫性格温顺，自带孤独的气质，无论外表还是性格都惹人怜爱，堪称萌物界的顶流，所到之处必能留下一片称赞。把小熊猫和浣熊放在一起对比来看，小熊猫的“声誉”“品行”无疑都比浣熊优秀。

让人费解的是，“干脆面”所代表的物种不知为何正在逐渐扩大。比如：貉的脸部与浣熊相似，调好相机角度，两者可能没有太大差别；还有环尾狐猴，可能是尾巴上同样有那几圈环状花纹，也被离谱地盖上“干脆面”的印章。还好这两位目前与浣熊还有相当大的距离，还不至于混淆了。

当小龙虾加入筑路大军

小龙虾是甲壳界的翘楚，无论是煎炒还是油炸，出锅后都让人垂涎三尺。但是，小龙虾并不满足于当食物界的“网红”，它们还想加入筑路大军。

火棘，远在山野近为邻

□文/向阳枝

在记忆中，火棘是生长在山野的。寒霜初降之时，火棘在路旁，在山坡，在幽谷，低矮致密的一丛，叶尚碧绿，果犹明艳，枝叶间有刺，披着冰冷的清露或霜华，似略带着些锋芒的野居之客。

火棘从不吝惜它的果子。在我的家乡，火棘最为人熟知的名字是“救济粮”。想必在旧时饥荒年岁，那山野间一串串红艳艳的小果子定是给了许多饥寒之人生活的勇气，饿了就摘下一大把，吃下去既能果腹，又能在心中燃起簇亮的希望。

关于火棘的确切故事可以追溯到三国时期。传说诸葛亮带兵南征，粮尽无援之时，便令将士上山采摘火棘果充饥，才得以渡过难关，火棘也由此有了“救济粮”的别名。

火棘果的口感不错，果子虽小，但果肉粉质绵软，抓一大把放进嘴里，不必吐籽，细嚼着，满口清香，淡淡的甜，没有酸味。这让它不仅成为孩童的天然有机零食，还是备受鸟儿青睐的秋冬口粮。

在离开家乡后，我便很少见到火棘。一次园艺博览会上，在那些展出的形态雅致的盆景中，几盆红红的火棘姿态绰约，仿佛穿着嫣红衣裙的美人翩然而立，俊秀的面容似透着清浅的笑，任群芳争艳，它既不媚俗，又不孤傲。由此我知道，火棘不仅可以在山野里自由生长，还可以在花盆里敛去锋芒，灿然成景。

匆匆间，人事纷纭，记忆零落，我几乎忘记了火棘。而当我在寒冷的北方小城右玉见到一种与火棘极为相似的植物时，又勾起了我对火棘的浓烈念想，这才惊觉，有一丛嫣红生长在心的近旁，任岁月风尘，不曾被湮灭。

不久，我竟在楼下发现了两丛火棘。一个阳光匀净的午后，一丛淡雅明丽的花闯入眼帘，接着，又一丛。我忍不住走近，细细端详，那叶、那枝、那棘，让我一下子认出了那是我记忆中的“救济粮”。不是在山野，不是在花房，而是在这平常社区的绿化丛里，火棘安然向暖，与清风低语，我知道它们定会在秋天奉上满满一树鲜果，叶翠果红，珠圆玉润。

关于火棘的花，我的记忆并不深刻。此番遇见，那层次错落、素白纤巧的花确实惊到了我。那花似梨花，但比梨花小巧；那花似荼蘼，但香气比荼蘼清淡。不过分矫饰，也不妄自菲薄，那花有着自然的风流态度。

想来火棘是四季常青的植物，且花果皆可成景，被选作城市里的景观植物也就不足为奇了。除了火棘果曾有“粮”之誉，火棘的根、叶均可入药，可内服，可外敷，若你再见到它，还会觉得它只是平常的盆景吗？

火棘，我愿你在山野，吹四季长风，淋最酣畅的雨，沐最明亮的光；我愿你在花房，开最恬淡的花，结最红艳的果，做自然天成的景；我愿你在人声欢腾里，笑意盈盈，不拒烟火气息，伴我看朝飞暮卷，一起走过细碎温和的四时光阴。

恋恋毛稔

□文/李丹崖

毛稔这种花，有一种野野的美。

毛稔出自深山，是野牡丹科，在植物类别上，它已经有了野的因子，但野也有孤傲的美，毛稔属于那种野而不妖的美。毛稔叶子光滑，叶脉线条笔直，花色接近芍药，但比芍药淡一些，也暗一些。毛稔多生于广东省和广西壮族自治区，在山坡上餐风饮露，接受着季节的恩泽。你如果进了山，冷不丁看到一丛毛稔，会惊喜地叫出来，原来它那么美。

一次，我们一行人去凤凰山采风，邂逅毛稔。很多文友惊呼毛稔的美，纷纷在毛稔花前拍照。奇怪的是，再美的人在毛稔花前拍照也会显得暗淡，很多人不明就里，依旧拍，却始终拍不出人的美。究其原因，是毛稔花太美了，以至于很多美人在它面前都黯然失色。凤凰山上落了雨，烟霭笼罩，雾里看毛稔花，有着一种迷离的味道，也如入国画。凤凰山这背景映衬得也相当有意境，毛稔如同浮在凤凰山这层宣纸上，栩栩然，令人留恋不止。

毛稔的别名很多，比如：甜娘，很有乡野姑娘的甜美；猛虎下山，又有乡野莽夫的力道和雄健；鸡头木，好像是给人家取了个形象的绰号；大红英，有着中国风的秀美和大气。不过，我还是喜欢“毛稔”这个名字，它更像是一株植物应有的名字。毛茸茸的毛稔果子，名曰“毛稔子”，像极了一款游戏里可以对抗僵尸、喷射豌豆的发射器，只不过毛稔子没有那么暴力，它是可以食用的，且味道鲜美，似甜枣，富含氨基酸等营养成分。

凤凰山的村民对毛棯是很有感情的，他们在山间劳作时，若是身体被划伤，或者是被毒蛇咬了，便将毛棯的花瓣和叶子捣碎，敷在伤口上，不仅可以消肿止血，还能解毒。当然，这是应急的办法。毛棯还有比较日常的吃法，村民会把毛棯花瓣捣碎，与大米一起蒸食，色泽近黑色，像是给大米饭蒙上了一层黑色面纱，很有侠客意境。

后来，我去澳门的时候，发现当地有很多毛棯。毛棯是澳门的主要花朵之一，当地的中药馆也喜欢用毛棯入药，用于活血化瘀。

恋恋毛棯，可以载入药典，也可以入馔；可以小家碧玉，也可以大家闺秀。恋恋毛棯，惹人爱怜。

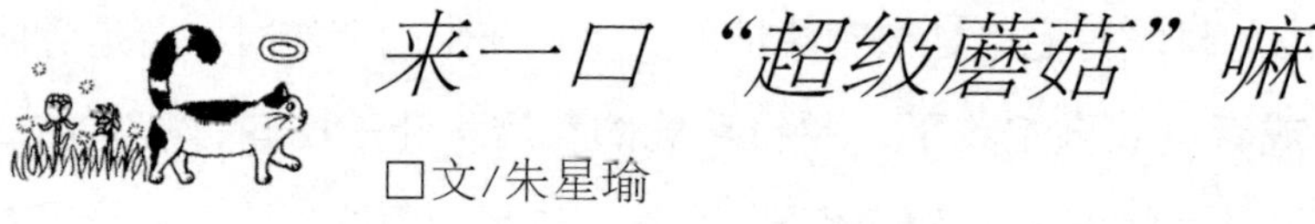

来一口“超级蘑菇”嘛

□文/朱星瑜

如果问这个世界上最大的动物是什么，想必很多人的答案是蓝鲸。

的确，作为海洋中现实版的“利维坦”，蓝鲸的体型之大让人咋舌。平均23米的身长只是普通蓝鲸的身体长度，世界上最大的蓝鲸体长甚至能够达到33米以上。然而，你以为蓝鲸就是世界上最大的生物，那就大错特错啦。其实，在动物界之外，有一种蘑菇——蜜环菌，它才是世界上最大的生物。

小小的蘑菇居然是世界上最大的生物？你不相信？

蜜环菌广泛分布在北半球的温带地区。而位于美国俄勒冈州马尔霍尔国家森林公园的一株“超级蘑菇”露在地面上的身形虽然看起来没有那么大，但是它的庞大并非像巨树一样体现在体型与高度上，而是体现在它的根丝上。

这株蜜环菌的菇体，即长在地面上的子实体和其他的蘑菇相比似乎没有太大区别，并不引人注目，然而在1998年，人们意外地发现这株蜜环菌占地竟有9.6平方千米。

当时，马尔霍尔国家森林公园中出现了大片树木枯死的现象，研究人员经过一番采集勘测，发现蜜环菌是导致这场灾难的元凶，而DNA研究测量结果更让研究人员感到震惊。原来，研究人员的检测范围极广，最远两处的样本采集点之间的距离甚至达到了5.6千米，所有被发现的真菌所携带的生物信息都指向了同一株母体，这意味着在这片土地之下，有一个根部交错了将近10平方千米的蜜环菌母体。

为什么这株蜜环菌的生长范围如此之大？这要从蜜环菌本身说起。蜜环菌的孢子萌发之后，会在地下生长出菌丝，并不断缠绕，形成根状菌索。在找到了合适的生长环境之后，菌索会不断向外延伸、生长。对树木来说，蜜环菌是极为可怕的寄生体，因为蜜环菌在寻找到合适的树根后，就会不停地将其缠绕，进而通过菌丝分泌的消化酶吸收养分，慢慢生长出子实体，就这样，马尔霍尔国家森林公园里大片的森林就成了这株蜜环菌的大堂。由于深埋地底，森林火灾等自然灾害也无法伤及蜜环菌的根系，使得这株蜜环菌更加肆无忌惮地生长了。

也许有“吃货”想问，这种“超级蘑菇”能吃吗？其实，许多蜜环菌是可以食用的，比如分布在我国范围内的蜜环菌就是中药材的一种，也叫榛蘑。榛蘑主要分布在我国东北地区，不但味道鲜美、滑嫩爽口，而且营养丰富，甚至被称为“东北第四宝”。

不过，俄勒冈州这一株蜜环菌能不能吃，那可得考虑考虑了。据研究人员推断，这株“超级蘑菇”有着如此庞大的根系，年龄至少已经达到2 000多岁了，甚至有可能达到8 000多岁。品尝这株“超级蘑菇”熬制的菌汤，恐怕需要过人的勇气。

母女情深佛手瓜

□文/韦来

小时候，外婆家的院子里有一株佛手瓜，藤蔓四处攀爬，墙头上结满了瓜，采摘的时候还要动用梯子，颇费周折。后来，我为佛手瓜搭了棚架，瓜生长，人采瓜，便利多了。佛手瓜的个头通常不大，却有一种天生的慈母情怀，我觉得那些歌颂母亲的诗用在佛手瓜上也很合适。

“母亲呵/撇开你的忧愁/容我沉酣在你的怀里/只有你是我灵魂的安顿”；“母亲呵/天上的风雨来了/鸟儿躲到它的巢里/心中的风雨来了/我只躲到你的怀里”……这些诗句就像佛手瓜的种子对孕育自己的母体的真情的告白。佛手瓜的一个果实内只有一枚纺锤形的扁平种子，这枚种子的皮仅仅是一层肉质膜，对种子失水的保护作用很小，因此，种皮往往会和果肉紧紧地贴合在一起。如果种子从果体内剥离，便容易失去水分，变得干瘪，甚至失去繁育能力，所以，人们通常把佛手瓜的整个种瓜作为繁殖材料，而不能将种子晒干，贮存备用。佛手瓜的种子也明白这一点，索性在母亲怀里撒娇不走了——种子很任性，无休眠期，成熟后如果不及时采收，种子就会很快从瓜心里萌发出芽。

“母亲呵/我的头发/披在你的膝上/这就是你付予我的万缕柔丝”；“小小的花/也想抬起头来……母亲呵/你是那春光么”……这些诗句仿佛描绘了佛手瓜母亲在帮女儿梳头的场景。佛手瓜女儿的“头发”确实又旺又长，她的须根最初是弦线状的，逐渐生长得粗且长，并形成半木质化的侧根，侧根一年后可长达2米以上，主蔓可长达10米。如此发达的根系赋予了佛手瓜超强的分枝、攀缘、吸水、吸肥和抗旱能力，所以，要想养好佛手瓜，真得为它梳理“头发”，因为如果不闻不问，放任它的枝叶乱长，相互遮阴导致光合作用不够，就会枯萎、落花和落果。一般来说，当瓜蔓长到40厘米左右时，就应该利用竹竿、绳索等物为佛手瓜的卷须提供依靠，引导叶蔓攀架、上树、爬墙，使得整体长势均匀、通风且透光。

“您是一棵大树……您那高大宽广的树冠/使四野永不荒凉/母亲您给了我生命/您是抚育我成长的土地”……这些诗句犹如佛手瓜写给母亲的赞歌。佛手瓜喜欢湿度高的环境，因此，种植佛手瓜要尽量保持土壤湿润。在幼苗定植后，一个月内需特别注意覆盖增温；进入根系迅速发育期，则应该多松土；夏秋两季是生长旺盛期，日蒸腾量大，需要肥水猛攻，保证植株的水分和营养，多发侧枝，为开花结果提供充足的物质保障。

“悠悠的云里，有淡淡的诗/淡淡的诗里，有绵绵的爱/绵绵的爱里，有深深的情/深深的情里，有浓浓的意”……这些诗句寄寓了诗人对母亲的深厚情意，如果借给佛手瓜感激孕育自己的母体，又何尝不可？因为佛手瓜本身就是一种充满美好寓意的果蔬，它又叫作合手瓜、寿瓜，这些名称都与增福益寿的寓意相关。中国古代服饰上的祈福图案，除了用寿桃、蝙蝠之外，也会用佛手瓜。

佛手瓜的价值不仅仅在于寓意，它还有实实在在的营养价值。佛手瓜肉质细嫩，含有蛋白质、多种维生素和微量元素，经常食用能增强人体的抵抗力。佛手瓜的苗也可以食用，每100克佛手瓜苗含有30.58~53.01微克的硒，在在含硒蔬菜中属于佼佼者。

偶遇一树玉兰花

□文/王思宇

或许是因为2020年的寒霜比往年要冷一点，2021年的春天来得早了些，像德卡先生说的那样："堤坝上有兜卖风筝的小贩，他们在预售春天。"

"天时人事日相催"，忽而春风，为所有美好的开始。回家的路上，我遇到了一株玉兰，花瓣展向四方，迎风摇曳。

天渐渐暖了，有些树说绿就绿了，有些花想开还未开。这株玉兰生长在路边某个采摘园门口甬道牙石的缝隙里，藏在各种高大的树木里，路上来来回回很多次，我才在不经意间发现了它。

阳春三月，繁花次第开。小时候，我总以为要先有叶再有花，慢慢地才知道，有些花是不需要叶的，比如玉兰。玉兰花一开，就会让人感到不可思议：一天前看它还是树枝，瘦骨伶仃地伸向天空，光秃秃、干枯枯的，看不到生命的征兆，可是突然间，它开花了，满满一树花朵。

这株玉兰就是这样，花朵仿佛是从树枝深处开出来的，是从树皮缝隙里钻了出来，尽情地开放，热烈地开放着，开得执着，开得纯洁，开得一丝不苟。枝头上挺立的除了花还是花，没有一丁点儿绿芽。枝头上绽放的除了白色还是白色，全是白灿灿的一簇簇。它们在枝头蜂拥在一起，不用叶的陪衬，耀眼地在微风中抖动、炫耀。

我走进采摘园抬头看，开出来的玉兰花带着细腻的乳白，中间嵌着一道黄色，像一个白瓷小碗里面添上了奶油，然后随意地在中间点上了几滴香甜的蜜糖，风吹过来，玉兰花散发出暖烘烘的香气。

玉兰花越开越多，越开越忙，越开越热烈。玉兰花的开放是从下往上的，越往上看，花骨朵儿越小。新开的花儿都是在玉兰相对下面的位置。在下枝头的花儿，有的已绽放，有的含苞。绽放的，像展翅高飞的白鸽；含苞的，像即将出壳的小鸟。下面的苞儿开了，上面的苞儿等着；上面的苞儿开了，下面的苞儿等着。等到满树的苞儿都开了，它们就漂漂亮亮地挂满一树，享受着生命的滋润。玉兰开花虽然不结果实，但是向世人昭示着生命的真谛。

一朵花可以让一个灵魂生出热烈，也沉静优雅了某一段光阴，仿佛最深情和最柔软的笑意。玉花千队，香透纱窗；结绮张星，开帘一笑；似蓝田别种，若观空如雪；霓裳夜色团瑶殿，露掌清辉散玉盘。不必刻意，便可轻易撩拨心神。

没有故事，没有刻意，有的就是相遇时分的触动。

这个世界上，虽然没有最美好的相遇，但是应该有为了相遇或者重逢所做的最美好的努力。守着心灵的宁静与和谐，这是我们朴素而不失诗意的生存之道，也是最真挚的祝福。生活未必富裕，凡俗的日子里还有很多困难和曲折，但是我们在不怨不尤之中，保持着一份踏实感，心怀盈盈的温暖、感恩和爱，由此，无论面对怎样灰暗的时空，我们的脸上都会洋溢出一分明媚。

天空的蓝，玉兰的白，一树玉兰花开在碧空里，仿佛拥有所有的欢喜。

暖暖夏日“雪”满天

□文/张春青

立夏之后，我国北方的天气已经有点小燥热，可出门一不小心就会被“飞雪”白了头。“霭霭芳春朝，雪絮起青条”，和你缠绵浪漫的，其实是杨柳絮，它们是杨柳雌树的种子和衍生物，为了传播繁衍下一代，每逢春末夏初，杨柳就派出这些白色絮状的绒毛，携带着种子，以风为媒，漫天留情。

不同地区的飞絮，“出身”也不一样。在华北平原，它们的源头是旱柳和毛白杨，而在江南地区，它们则大多来源于悬铃木，也就是我们常说的梧桐。

从植物学上来讲，旱柳和毛白杨算是“师出同门”，都属于杨柳科，不过分属于杨属和柳属。不是所有的旱柳和毛白杨都是“春末飞雪”的罪魁祸首，杨树和柳树是雌雄异株的植物，会飘絮的只有雌株。所谓雌雄异株，就是指在种子植物中，雌花与雄花分别生长在不同的株体上，仅有雌花的植株称为雌株，仅有雄花的植株称为雄株。在动物世界中，雌雄异体是再常见不过的情况，但是在植物中，雌雄异株是比较罕见的。

万物复苏的春天，正是杨柳絮“春情萌动”的季节。面对心仪的另一半，它们绝不会干瞪眼，而是借助器具、风力、昆虫的帮忙“眉目传情”，来一场轰轰烈烈的“闪婚”，完成繁衍后代的大任。

略有不同的是，旱柳的传粉大多数是靠昆虫完成的。旱柳在花朵的基部储存了甜美的花粉和花蜜，昆虫吃着吃着就会粘附在身上，帮助旱柳完成传粉大业；毛白杨传粉则要感谢风，清风拂过，雄株又轻又小的花粉四处飘散，试图吸引雌株的注意。

比雄花稍晚一些时日，雌花会粘住空中的花粉，完成受粉后，会发育成一个小蒴果，小蒴果里面包裹着白色的絮状绒毛，绒毛中间藏着芝麻粒大的由胚囊发育而成的种子。随着果实和种子的发育成熟，果实裂开，其中白色絮状的绒毛便携带着种子，借助风力四处飘荡，寻找适合的地方繁衍生息。

那么，杨柳絮的家族为什么这么庞大，以至于它们可以“翻手为云，覆手为雪”呢？

这还要追溯到20世纪六七十年代，人们发现杨树和柳树生长迅速，对环境的适应性强，易于繁殖且养护成本较低，为了迅速扩大绿化面积，大量种植，才使之成为北方最常见的城市绿化树种。在种植过程中，同龄的苗木，雌株要比雄株长得更快、更粗壮，要达到高产，就需要雌雄株按照一定的比例配置授粉雌株。受当时技术的局限，人们无法分辨种植的杨树和柳树的雌雄，结果雌树种多了。

当年乖巧不飞絮的杨树和柳树，如今也到了“青春期”。据统计，每棵成年杨树和柳树每年会产出28万至1485万枚杨柳絮，平均一棵树产生的杨柳絮重约1千克。以北京为例，北京目前共有200万棵能产生杨柳絮的树，总共会产生2000吨杨柳絮。

杨柳絮虽然不是病毒的重要传染源，但不好好清理就容易引起过敏，这可是鼻炎、哮喘患者的噩梦。

也许有人会问，难道不能换树吗？抛开成本不提，贸然改变整座城市的植物种类，反倒更容易引起过敏。另外，杨树和柳树早已扎根在中国人的乡土情怀中，比如中国古代就有折柳送别的习俗。

让杨柳絮“禁足”，还需要漫长的时间，但人与自然，总是这样一步步摸索着达到平衡。

懂经济学的巴厘猕猴

□文/雷炳新

巴厘岛是印度尼西亚著名的旅游胜地，风光旖旎，每年都会吸引很多游客前往旅游。在岛屿的最南端，就是美丽的乌鲁瓦图寺，这里生活着一群当地特有的巴厘猕猴。当地居民视巴厘猕猴为神物，它们不但可以自由出入寺院，而且可以随意徜徉于景区，或四处游荡，或悠然闲坐，或慵懒地吹着海风，仿佛也是来旅游的。你千万不要被它们的外表所欺骗，它们可不是来放松的。它们正在认真地搜寻自己的猎物：当看到心仪的物品时，它们会猛地冲出来，趁游人不备，从他们身上或手里直接抢夺，动作快得惊人。巴厘猕猴抢的物品五花八门，有帽子、发卡、纱巾、眼镜、手机、钱包、相机、拖鞋……

这些物品大多不能吃，那么，巴厘猕猴抢这些物品干什么呢？来自加拿大莱斯布里奇大学和印度尼西亚乌达亚纳大学的研究人员对这种现象展开了研究。

研究人员对348只巴厘猕猴的抢劫行为进行了为期273天的观察，发现巴厘猕猴通过几十年的迭代学习，已经懂得一定的经济学原理，在抢劫时也历经了前所未有的经济决策过程。

研究人员发现，抢到物品后，巴厘猕猴会施行计划的第一步：跑到附近比较安全的地方坐下，就像商贩等待顾客一样，等着物品的主人前来索要。在这个过程中，它们有时还会假装啃咬物品，好像是在威胁游客："如果不赶紧来，东西就要被我咬坏了。"

如果游客想要拿回自己的东西，就会进入巴厘猕猴计划的第二步：

游客需要拿着巴厘猕猴喜欢的食物来交换。令人惊奇的是，在这个过程中，巴厘猕猴表现出了“待价而沽”的深层经济学行为：当它们认为抢夺的物品价格低时，游客只要拿出少量、简单的食物就可以赎回物品；当它们抢夺到有较高价值的物品时，如果游客用它们不太喜欢的食物去赎回，它们会直接拒绝。比如：一个游客试图拿花生换回手机，但巴厘猕猴不为所动，甚至还打了一个哈欠；接着，游客拿香蕉试了试，巴厘猕猴还是不愿意交换；最后，游客只好拿出了鸡蛋，这次巴厘猕猴看起来很满意，一把接了过去，不过巴厘猕猴觉得一个鸡蛋还不够，在拿到两个鸡蛋后，它才觉得“物有所值”，感到满意。

当巴厘猕猴拿到自己满意的食物之后，事情会进入巴厘猕猴计划的第三步：巴厘猕猴会守规矩地将物品放在原地，然后离开。在这个过程中，它不会故意破坏物品，保证游客能完好地拿回自己的东西，仿佛懂得“盗亦有道”的道理。

通过对巴厘猕猴1084次抢劫行为的观察分析，研究人员发现：年幼的巴厘猕猴抢劫的成功率只有39.1%，亚成年和成年的巴厘猕猴抢劫的成功率则高达61.5%和68.8%；年幼的巴厘猕猴不管什么都抢，亚成年和成年的巴厘猕猴则更喜欢抢夺高价值的物品；年幼的巴厘猕猴、亚成年的巴厘猕猴和成年的巴厘猕猴勒索的成功率分别为72.4%、89.4%和92%。这意味着，随着年龄的增长，巴厘猕猴学习了更多知识，抢劫的成功率随之提高，且随着年龄增长，巴厘猕猴会具备“经济头脑”而专挑贵重物品抢夺，勒索的成功率也就越高。

勇于牺牲的黑火蚁

□文/程醉

黑火蚁是蚁科火蚁属动物，属于社会性昆虫，蚁群中有雌蚁、雄蚁和工蚁。栖息在南美洲的黑火蚁，是为数不多会使用工具无脊椎动物的。科学家发现，它们会利用土壤颗粒和杂物碎片搬运液体食物，会向容器内放沙粒来避免自己溺水……随着研究的不断深入，科学家有了更惊人的发现。

在野生状态下，黑火蚁的蚁巢是用土壤堆成的高30厘米、直径50厘米左右的蚁丘，内部结构呈蜂窝状。一旦蚁巢受到惊扰，黑火蚁便会蜂拥而出，攻击入侵者。而在实验室里，科学家将黑火蚁的蚁巢安放在一个四面都是透明玻璃的箱子里，以便观察和研究。

当科学家将一盘点燃的蚊香悄悄放进蚁巢之后，巢穴里的黑火蚁很快便感受到了温度、气味的异常，它们惊慌失措，似乎在漫无目的地四处乱窜。不过，这种情况并没有持续多久。大约10分钟之后，巢穴里的黑火蚁就好像接到了某种指令一样，开始向点燃的蚊香发起攻击。

只见一只只黑火蚁毫不畏惧地扑了上去，对着火点喷射出蚁酸。科学家知道黑火蚁对热的耐受性度：最低温度为36℃，最高温度为40.7℃。而蚊香点燃时火点最高温度可达800℃，火点周围1厘米范围内的温度可达130℃，因此，前去灭火的黑火蚁必死无疑！

不过，个体的牺牲并没有吓退黑火蚁，相反，更多的黑火蚁冲了上去。很快，蚊香便在前赴后继的黑火蚁尸体中被熄灭了。随后，幸存的黑火蚁陆续将战友们的遗体转移到其他地方。

实验到此并未结束，过了几天，科学家又把一节点燃的蜡烛放到了蚁巢之中。虽然这一次的“火灾”更大，但黑火蚁似乎已经总结了上一次的经验和教训，变得从容不迫，很快便开始了有条不紊的灭火工作。只见一只只黑火蚁在安全距离的边缘，抬起屁股向着火焰射出蚁酸，尽管一只黑火蚁的蚁酸量很小，但好在它们数量很多，在通力协作下，黑火蚁只用了1分钟就把烛火扑灭了。

从黑火蚁的灭火实验中，我们不难发现，团队精神的核心是无私和奉献，是敢于担当、主动负责的意识，是充分沟通、交流意见的智慧。

当小龙虾加入筑路大军

□文/安九

小龙虾是甲壳界的翘楚，无论是煎炒还是油炸，出锅后都让人垂涎三尺。但是，小龙虾并不满足于当食物界的“网红”，它们还想加入筑路大军。长沙理工大学博士团队发明的一项技术，实现了它们的这一愿望。

2019年6月，长沙理工大学博士生导师吕松涛教授带着研究了一天课题的博士生去校外吃夜宵，看着大家面前堆积得越来越多的小龙虾壳，他突然灵机一动，说道：“小龙虾壳经过200℃以上的高温油爆后还能保持原来的形状，说明它的高温性能不错，如果把它混合到基质沥青里，会不会提高沥青的耐高温性呢？”话一出口，正在吃小龙虾的博士生眼睛都亮了。是呀，在夏天，我国南方的沥青路变软、粘鞋底是很常见的问题，而小龙虾壳含有大量的蛋白质、矿物质和少量色素，常常是蚊子的栖息地和滋生地，如果能把小龙虾壳与沥青巧妙地结合起来，不仅能增强道路的质量，还能改善环境。在吕松涛教授的指导下，夏诚东博士带领团队马上投入研究。

为了研究小龙虾壳粉对沥青黏结剂力学性能、高温稳定性和抗蠕变性能的研究，团队成员分别进行了软化点实验、渗透实验和动态剪切流变实验。

团队成员从长沙熟食废弃物中收集到了足够量的小龙虾壳，用自来水冲洗后，在100℃的烤箱中烘干一夜，再将足够干净的小龙虾壳放入粉碎机里制成粉末。软化点指数是物质软化的温度，是评价沥青黏结剂性能的关键指标，它表征了沥青黏结剂的黏性、高温稳定性和温度敏感性。在相同的温度下，当小龙虾壳粉用量分别是5%、10%和20%时，沥青黏结剂的软化点会随着小龙虾壳粉用量的增加而增大。因此，团队初步判定小龙虾壳粉可以提高沥青混合料的硬度。

随着加载频率的增加，沥青的高温特性也会随之增强，频率主要反映了交通荷载对路面作用的持续时间。在动态剪切流变实验中，团队成员发现在沥青黏结剂中加入小龙虾壳粉后，混合物的频率增加，剪切应力引起的变形减小。也就是说，小龙虾壳粉可以提高沥青黏结剂的高温性能。

多应力重复蠕变恢复实验采用沥青蠕变回复率和不可回复蠕变柔量，以及相应的应力敏感性作为其高温性能的评价指标，可以很好地反映出改性沥青的非线性黏弹性回应。其中，不可回复蠕变柔量已被证实与改性沥青车辙性能具有较好的相关性。通过实验，团队成员发现在一定范围内，小龙虾壳粉与沥青的混合物比单独沥青的抗永久变形性能力更强，即小龙虾壳粉能显著提高沥青黏结剂的抗蠕变性。

当前，改善沥青性能的主要方法是添加橡胶粉等改性剂，存在刚度不足等问题。而夏诚东团队通过傅里叶变换红外光谱测试结果表明，小龙虾壳粉不会影响沥青的化学结构，其改性主要是一个物理过程。换句话说，在沥青中添加小龙虾壳粉，沥青本身适用于修路的化学性质并不会改变，而且可以更有效地提高沥青黏结剂的力学性能，以及沥青混合料的渗透性和软点强度。

2020年4月15日，夏诚东团队的研究成果发表在国际SCI期刊《清洁生产杂志》上，并且申请了国家专利。有了这项创新技术之后，网友戏称：“以后吃小龙虾也是为环保作贡献了。”

飞越珠穆朗玛峰的斑头雁

□文/姚秦川

1953年，一名登山者曾在8 800多米的珠穆朗玛峰顶上，亲眼看到了一只斑头雁从旁边飞过。据了解，这一高度比当时已知的动物最高飞行海拔高出了近2 000米，所以许多动物学家对这名登山者所说的情况持怀疑态度，这一事件也一直没有定论。

在2020年，加拿大不列颠哥伦比亚大学的科研人员通过研究人工饲养的斑头雁，终于证实斑头雁确实有高海拔飞行的能力。

比特森是加拿大不列颠哥伦比亚大学动物学院的负责人，早在十几年前，他便想通过实验来证明斑头雁到底有没有能力飞越珠穆朗玛峰。经过多年的研究实践，他终于等来了好消息。比特森告诉当地媒体："鸟类的心脏和肺的结构，使它们比哺乳动物更善于持续运动。与其他鸟类相比，斑头雁的肺大而扁平，在深呼吸上更具优势，且它们的心脏很大，能为肌肉输送更多氧气。"

比特森团队通过训练斑头雁的幼鸟，让它们佩戴记录心率、血氧水平、体温和新陈代谢率（单位时间消耗的能量）的传感器，并在佩戴面罩的状态下，在人造大型风洞中飞行。此外，比特森团队还利用面罩调节斑头雁在风洞中飞行时吸入的氧气浓度，以此模拟低、中、高海拔环境。

让比特森团队惊喜的是，实验表明，斑头雁会通过降低新陈代谢率适应缺氧环境下的飞行。当氧气浓度处于最低水平——近似珠穆朗玛峰顶部的7%（海平面氧气浓度数值是21%）时，虽然斑头雁新陈代谢率下降，但心率和振翅频率仍保持不变，在缺氧环境下，斑头雁的心率没有增加，这就表明，即使是氧气极其稀薄的环境，也未超过斑头雁心脏负荷阈值。除此之外，比特森团队还发现了重要的一点，那就是斑头雁总能设法降低血液温度，而降温可以显著提高血红蛋白的携氧能力，以此应对缺氧环境。

唯一让比特森团队担心的是，这些人工饲养的斑头雁即便经过训练，在模拟高海拔环境下的负重飞行时间仍然很短，因此，他们担心斑头雁对缺氧环境的适应是否足够支持它们飞行8小时以穿越珠穆朗玛峰，或是独立完成在中亚或南亚之间4 000千米的迁徙。不过，比特森信心十足地表示：“不管怎样，我们一定要相信斑头雁确实有飞越珠穆朗玛峰的实力和能力，也许在一年半载之后，我们就会有幸等到这个激动人心的时刻。那时，我们会带着这些训练有素的斑头雁，让它们一展雄姿，飞越珠穆朗玛峰。”

坐上“诺亚方舟”，我搬到了新家

□文/木丐

我叫伊巴诺蒂，是一只雄性罗氏长颈鹿，人类也称呼我们为巴林戈长颈鹿或乌干达长颈鹿。我有着高大的身形，每天要花16~20小时觅食。然而，受人类活动的影响，我们罗氏长颈鹿的栖息地面积正在不断缩小，食物来源急剧减少，在过去的30多年里，罗氏长颈鹿数量下降了80%左右，整个非洲只剩下大约3 000只了。

我有8个小伙伴，以前我们一起生活在肯尼亚巴林戈湖的一个小岛上，岛上有我们爱吃的金合欢树叶、种荚，我们每天都过得很开心。当然，我们也有烦恼，我们生活的岛周围开始涨水了。我们生活的岛原来是一个与大陆相连的半岛，但近些年持续大雨，水位不断上涨，岛就变成了四面环水的孤岛。岛的面积越来越小，食物也越来越不好找了，金合欢树叶、种荚，你们在哪里呀？

前一段时间，听岛上的小鸟说，在不远处有很多我们爱吃的食物，可是从岛上到那里需要蹚过1 600米的水路，水里面还有鳄鱼，我们没办法离开这里。幸运的是，我和伙伴们在岸边发现了一栋小房子，房子里面有好多我们爱吃的食物，而且这些食物就像吃不完似的，每天都有，大家的温饱问题暂时得到了解决。

开心的日子并没有持续很久。随着时间的推移，岛周边的水越来越多，岛也变得越来越小，除了小房子里的食物，在其他地方我们越来越难找到食物了。更让我担心的是，我们的伙伴阿西瓦和帕萨卡还走丢了，不知道去了哪里。

2021年1月，我和往常一样到小房子里吃东西，忽然，小房子旁边出现了几个人类，小房子也被一条船拖拽着开始移动。我很慌张，我不知道这栋小房子会漂向哪里。

不一会儿，小房子靠岸了，我迈着大长腿上了岸，这片陆地有很多我爱吃的食物，阿西瓦和帕萨卡也在这里，我撒欢似的奔向它们。没过多久，我的其他伙伴也到了这里，我们又可以开心地一起生活了。

后来，听伙伴们说，它们也是坐着小房子过来的。阿西瓦和帕萨卡来得最早，他们是在2020年12月过来的，我是第三个来的，恩加里科尼来得最晚，她和她快5个月大的孩子诺艾尔是2021年4月12日才到这里的。原来，我们生活的小岛水位越来越高，植物越来越少，已经不适合我们生存了。人类为了保护我们，在与我们生活的小岛隔水相望的大陆上，为我们建了一个占地17.8万平方千米的长颈鹿自然保护区。

为了让我们安全撤离原先的小岛，肯尼亚的工作人员在2020年1月就开始准备了。他们打造了一个罗氏长颈鹿的“诺亚方舟”，并把它做成小房子的模样。“诺亚方舟”停靠在小岛岸边，工作人员每天都会在木筏上面放置美食，并且让我们自由随意地上下木筏，等我们熟悉得差不多了，工作人员才开始着手让我们登上“诺亚方舟”，驶往新家园。

到达新家已经有一段时间了，我们在这里生活得很开心，这里有充足的食物，也不用担心会被水淹没。听说长颈鹿保护组织正在考虑一个更长远的计划，他们打算引进肯尼亚其他地区的罗氏长颈鹿，在保护区里建立一个更大的罗氏长颈鹿种群，这个保护区预计可以容纳50只罗氏长颈鹿。假如这个全新的长颈鹿自然保护区能成功地建起来，会有更多罗氏长颈鹿伙伴来此生活，我们的数量可能就会更多，人类将来也会有更大的概率看到我们了。

鱼鹰和向蜜鸟的生存哲学

□文/韦来

中国的鱼鹰和非洲的向蜜鸟都拥有独特的觅食本领，但是各自的生存哲学迥然不同。

鱼鹰又叫鸬鹚，在描绘中国江南水乡的画面中，往往少不了它的身影。黑黢黢的鱼鹰站在小渔船边沿，被穿蓑衣、戴斗笠的渔民用绳子系住脖颈，给人一种冷峻、深沉和隐忍的感觉。看到这种利用鱼鹰捕鱼的方式，人们多多少少会生出几分恻隐之心，同情鱼鹰的遭遇。

然而，鱼鹰真的是一点都不愿意被渔民圈养吗？如果庄子听见有人为鱼鹰鸣不平，他也许会反问：“子非鱼鹰，安知鱼鹰之乐？”鱼鹰到底快不快乐，很难说清楚，不过，从生存的角度来说，它可能是自愿的。

有一个寓言故事是这样的——

鸬鹚从河里叼住一条鱼，鱼说：“你如果肚子饿，我宁愿让你吃了，可你辛苦半天，结果自己只能吃一小部分，大部分都被你的主人拿走了。而且，你的主人在你捉鱼时怕你吃了，还用绳子勒住你的喉咙，太残忍了！” 鸬鹚听了毫不动心，说：“我不会上你的当！虽然我现在捉的鱼多，吃得很少，但是到了冬天江河封冻，我捉不到鱼时，主人照样饲养我，我才不至于饿死！”

这样看来，鱼鹰是很会替自己盘算的，而且这种长远的打算还显示出几分稳重和可靠。

向蜜鸟生活在充满野性的非洲大陆，它是一种和麻雀差不多大的小鸟，貌不惊人，却也有自己的绝活。向蜜鸟酷爱吃蜂蜜，但身形瘦小的它无力对付野蜂，于是就学会了借助人的力量——跑到人的住处附近鸣叫，并飞翔引路，帮助人们找到蜂巢。人们也会在取蜜之后，留下一部分给向蜜鸟作为回报。向蜜鸟正是因为这种独特的合作寻蜜方式而得名。

按理说向蜜鸟也可以让人圈养起来，但是它喜欢无拘无束的生活，不愿失去自由。为了觅食生存，它不仅会与人类合作，还会和其他动物协作。

如果向蜜鸟引不到人去取蜂巢，它是不是就会饿肚子呢？不会的。除了人类，它还会利用蜜獾。向蜜鸟发现蜂巢后，即便恰好遇到蜂群飞远，自己不会受到攻击，它也搞不定蜂巢坚硬的外壳。当找不到人来取下整个蜂巢的时候，向蜜鸟就鸣叫招来蜜獾，由蜜獾把蜂巢扒拉得四分五裂，这样一来，向蜜鸟就会能和蜜獾一起享用甜蜜大餐了。

找到食物，活下去，这是所有动物生存中至关重要的一环，但具体的实现方式千差万别。鱼鹰和向蜜鸟的生存哲学，你喜欢哪一种呢？

关停大型强子对撞机的石貂

□文/张君燕

在雪花飘飘、寒风刺骨的天气，除了火锅之外，还能给你带来温暖感觉的，那一定是貂了。尤其是在中国的东三省地区，貂几乎是神话般的存在，而石貂就是其中一种独特的种类。

石貂体长一般约50厘米，尾长约30厘米，体重1.5至2千克。石貂的毛色为棕褐色，它最鲜明的特征是喉部至胸部有一大块呈不规则V字形的白色或淡黄色。别看石貂的四条腿很短小，却是名副其实的运动健将，一跃而起能跳2米多高、4米多远。拖在石貂身后的大长尾巴则像一把扫帚，所到之处的地面瞬时被扫得干干净净，所以它也被称为“扫雪貂”。

石貂属于食肉目，鼬科，貂属。鼬科动物虽然个头不大，但各个勇猛善战。如“平头哥”蜜獾敢于挑战一群狮子，“金刚狼”貂熊追得棕熊满世界跑，“黄大仙儿”黄鼬可以捕捉体重超过自己的鼠类，北美的渔貂还能捕食浑身是刺的豪猪，和石貂体型接近的紫貂也有捕杀被困成年原麝的记录。

兄弟姐妹如此勇猛，石貂当然也不能逊色。和大多数鼬科动物一样，它最喜欢的食物是各种小型哺乳动物，如老鼠、松鼠，当然也包括青蛙、蜥蜴等。欧洲学者曾经对石貂的粪便及胃容物做过调查，发现石貂的食谱中包含50多种哺乳类、60多种鸟类、30多种两栖爬行类和60多种无脊椎动物。在食物匮乏时，石貂也会摄食果实等植物性食物。可以说，在饮食方面，石貂是个不挑食的“乖宝宝”。

石貂一般栖息在森林里，昼伏夜出，与人类互不侵犯。但在欧洲，一些石貂给人类惹了不少麻烦事。野外生活的石貂喜欢在狭小的空间里休息，于是汽车发动机舱就成了它们的“新营地”，因为这里隐蔽，有安全感，还有加热功能。可是，石貂又不甘于只躲在汽车发动机舱里睡觉，喜欢探索未知事物的它们会咬断汽车发动机舱里的各种电线，让急于出行的人们措手不及。在德国，石貂已经成为汽车非碰撞损失的第四大原因，汽车保险甚至专门涵盖了石貂造成的车损。

更令人震惊的是，石貂还闯过更大的祸。在2016年4月29日，欧洲大型强子对撞机发生了短路，部分供电被切断，不得不关停数周。原本以为这背后是一场大阴谋，可是经过检查，人们发现肇事者是一只好奇的石貂！这只石貂跳到大型变压器（66千伏）上，造成了短路。石貂的这次“壮举”让人们另眼相看，不过它也为自己的好奇心付出了生命的代价。

说起保暖，很多人的第一印象就是貂皮大衣。但其实，这是一个极大的误解。在古代，貂皮的保暖效果明显好于棉、麻等材料，而且重量相对较轻，是防寒衣物的首选材料。但随着科学技术的发展，制衣材料有了更多选择，貂皮除了价格昂贵之外，已经失去了优势。

网上有人问：“貂皮和羽绒服哪个保暖效果好？”其中有个回答是：“你见登山队的有穿貂的吗？因为穿貂去登山的都冻死了！”所以，希望越来越多的人能够认识到这一点，做到“手下留貂”，并且找到和这种活泼闹人的小动物共存的方法，让它们的种群延续下去。

憨憨的鲸头鹳

□文/柯玉升

鲸头鹳，因嘴型长得像鲸鱼头而得名，又因嘴很像一只鞋，尤其像荷兰人的木头鞋，于是有些地方叫它“鞋之父”。鲸头鹳主要生活在苏丹等中非国家的沼泽湿地，是目前世界上头最大的鸟。因为1.5米的身高，鲸头鹳被戏称为“恐龙的后代”，而它憨憨的动作又让人暗戳戳地给了它一个外号——鸟中哈士奇。

鲸头鹳确实憨，被摸头的时候，它会很开心；被挠头的时候，就像一只披了羽毛的哈士奇，会突如其来地尬舞，仿佛踩到了进入蹦迪世界的电门。明明那么大个，却会被突然飞过的野鸭吓得站不稳，甚至被自己叼的草绊住……在网上看到这些画面，有网友直呼：“鲸头鹳，你说你丢不丢‘鸟’！”

鲸头鹳的身材也有点憨，拥有一个大脑袋，却只有一双人类手指般细的腿。最可笑的是它后脑勺那几撮小毛，风一吹，散乱得仿佛乞丐一般。

大多数鸟展开翅膀时，要么像老鹰一样帅气，要么像麻雀一样灵动，而鲸头鹳傻傻地展开翅膀，没有一点精气神，好像一推就能倒下去，看着让人担心。

鲸头鹳在野外从来不会主动追赶猎物，而是选择在一个僻静的地方静静地待着，长时间地保持着同一个姿势，宛如一尊雕像。可就是这么一个“静物”，也有凶巴巴的时候。鲸头鹳喜欢吃肺鱼，有时候它还会对小鳄鱼下手。它的嘴巴能轻易穿透小鳄鱼的铠甲，有时候吃乌龟都不用吐壳，是名副其实的铁嘴铁胃。但是，在吃鱼时，鲸头鹳那张木头鞋似的大嘴一时难以把控，鱼头叼在嘴里，鱼身子还在外面摆动着，半天进不去。

因为声带退化，鲸头鹳通常是没有什么叫声的，但是它有一个绝活，就是嘴巴开闭能发出“哒哒哒”的声响，这是它表达好感的一种方式，同时，它会不停地鞠躬。高兴时，它还会撸下身上的羽毛送给饲养者，表达自己的欢喜。

鲸头鹳虽然可以飞，但是它并不喜欢飞，所以很少有人能看到它们成群结队地飞行。鲸头鹳实行“一夫一妻”制，一个家庭占领2~4平方千米的领地。它们的寿命比较长，有的甚至能活36年之久。

鲸头鹳经常在影视创作中出现，《鬼灯的冷彻》《白熊咖啡厅》等动漫里都有它的身影，甚至连《哈利·波特》里的巴可比克也是以它为原型创作的。

可惜的是，鲸头鹳这个憨憨由于栖息地环境被破坏和人为捕猎，数量正在逐渐减少，目前世界上仅剩5 000~8 000只，已被国际鸟盟定为“易危鸟类”。

大象的鼻子怎么那么长

为什么大象的鼻子那么长？因为大象鼻子的长度与它可以塞满嘴巴的食物总量成正比。

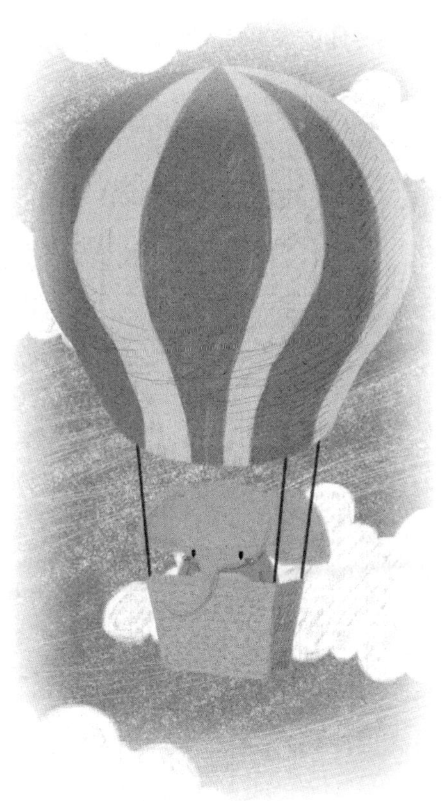

艾蒿熏过的流年

□文/张雷

诗人茨维塔耶娃曾说："活到头——才能嚼完那苦涩的艾蒿"。

艾蒿的生命历程，自始至终都演绎着朴素的辩证法。荒郊的野草、时令节气的本草、辟邪的神物、上天恩赐的草药、端午节的关键元素，这一个个身份与标签让平凡的艾蒿充满了神话色彩，为它增添了无穷的魅力，构成扑朔迷离的"艾文化"。

艾蒿是有灵性的植物。它生于荒郊，却有着入世的情怀。万木葱茏、百花竞放的季节，乡间的田野，城市的郊外，潺潺的河边，到处可见它的踪迹，绿蓬蓬的扎堆长着，与千千万万不知名的野草一起，随遇而安，随风摇曳，因循着四季的天道，诉说荣枯的轮回。

艾蒿的出身可谓低微。它的花不够艳丽，不能娇媚地为春增色；没有伟岸的身姿，用一堆绿的云鬓独撑起一大片春色；也不曾想跻身于千娇百媚的观赏草本之列。它仅有一茎苍翠，昂立于荒野，自然、质朴而又本真，听命于季节的召唤，顺从春天的安排，一丛丛挤挤挨挨的，只为着荒原铺天盖地的锦绣布局。

艾蒿绝不是庸碌的杂草。相较于遍地的野草而言，艾蒿气味的芳烈和颀长的身材无疑具有很高的辨识度，一丛艾蒿在田野里自然傲立，接受春的检阅，总是显得那样突兀。

故乡农历五月的艾蒿，芳香四溢，年年不减。

"风来蒿艾气如薰"，芒夏节气的艾蒿烈性最强。谁也想不到，贫瘠的土壤竟能孕育如此芳烈的气味，牛羊闻到这种气味会躲得远远的，敬畏它傲然的身姿和张扬的气味。这是一种类似于野菊花的辛香，与生俱来，暴露了它的中草药身份，让我们的祖先很早就能辨识它的药性，熟悉它的脾气，确定它的疗效。这种气味有着强大的传播力和穿透力，兼具春天的浓郁和夏天的热烈，只需一枝，蒸腾扩散的辛香就能铺陈一片属于它自己的领地。无论是春天还是夏天，大自然都需要这种气味来烘托一个个活色生香、五味杂陈的季节。

很多人见过艾蒿，却没有见过艾蒿的花朵和果实，这是因为艾蒿是在每年7月至10月开花、结果的。在端午节前后，大部分艾蒿还来不及开花结籽，就被芟刈收集，并与菖蒲扎成一束，悬挂于百姓家门口，担负起守护、净化、避邪驱瘴的重任。艾蒿的初心，是用蓬勃的生长默默地为春天争辉，用辛香和高洁净化梅雨季节毒虫肆虐、秽气弥漫的人间，用扎成虎型的图腾以应节景，禳解灾异，祈求平顺。酷热难耐的时节，细嗅艾蒿清凉的苦香，能清脑提神，明目聪耳，活络通筋。

“无意争颜呈媚态，芳名自有庶民知”，艾蒿这根植大地的草本，有着普济苍生的情怀。在靠天吃饭的漫长岁月里，芸芸众生如蝼蚁，如微尘，野生的艾蒿与平民相伴相亲，生死相依。现如今，艾蒿已成为春天的符号、端午的元素。艾蒿“法力无边”，每逢瘟疫之年，都是艾叶丰产之季，这是大自然赐予人类抵御病邪的武器。艾蒿与菖蒲、粽子一起，为屈原代言，为端午代言，为大地代言，为文化代言，是节日给了它生命的意义，是时令撮合了缘分，赋予它神圣而又亲民的使命。

端午节每年只有一次，然而人们对家庭平安、幸福、顺遂有着永恒的祈愿。炎热的季节耗尽艾蒿的鲜绿和芳香，它默默褪去青春的颜色，小心翼翼地收敛每一片叶掌，回归简淡素净，紧紧依附在蒿秆上，依然保留朴质挺拔、严格自律的姿态，作别烟火人间，作别浮世绚烂的虚华，去开启另一段生命的轮回。

草间清欢

□文/向阳枝

观中国书法，草书自成高格。有人说，草书最能代表中国书法，因为它呈现了书法的节奏、韵律，是表意的最高层次。看张旭、怀素的书法作品，顿觉凛然清气扑面而来，那是一种见天地、见日月星辰、见行云流水的自然气韵，清冽流畅，令人神清气爽。

故而，草书之“草”，断不能以潦草之意附会，那是采撷自然精华、欢畅生长之“草”。书法以“草”命名，是对草的嘉许。草与花为邻，花繁盛，草清明。若满目碧草，又得清风浅吟掠过耳畔，心头涌上的是浮世三千中的一瓢清欢。

春天的野菜属草。三月末、四月初，春光和暖，浅草绒绿，是采摘茵陈的好时节。恰如民间谚语所言：“三月茵陈四月蒿，五月六月当柴烧。”茵陈属蒿类，我一直觉得，苏东坡词中“蓼茸蒿笋试春盘”的“蒿”便是茵陈。茵陈叶面葱绿，浑身布满绵密细软的白色茸毛。刚刚生发的茵陈常围作一团，像在一团白雾中氤氲着一些碧色，看上去柔柔嫩嫩。千万不要用坚硬的工具挖茵陈，你只需用手轻轻一掐，便似把春天赠予的礼物托于掌心。

茵陈是我童年记忆中最美妙的一种野菜。母亲常说：“多吃茵陈可养肝、护肝。”于是，带着母亲的期许，沐着春日的光辉，采摘茵陈成了一件庄严又满心欢喜的事。母亲会把采回的茵陈一遍遍清洗干净，而后剁碎，拌上面粉，再揉捏成团，上锅蒸熟；菜籽油烧热、撒花椒粒，与酱油、醋等调成汁。鲜嫩柔软的茵陈菜团蘸着酸咸可口的汁，吃起来有种特别的清香。

多年后，我仍然记得那样的清香。它散溢在时光的罅隙里，带着暖阳、清风和泥土的芬芳。以至于，即使远离故乡，每逢春回大地，我都要去郊野走一趟，采些茵陈回来，让它成为餐桌上一道特别的点缀。

山间的药材，大多是草。父亲早年学医，床头总会放着厚厚的药典，其中有几本就是讲中药材的书籍。出于好奇，我也常常翻看，书颇有些分量，白纸黑字，没有任何色彩，我每每看得津津有味，全是因为上面画着的草药植株脉络清晰，细节传神，栩栩如生。

父亲常于山间采草药，这些草药日常可泡水。家人若有小疾，父亲便会细心搭配，熬成药汤，喝上几日，便可痊愈。中药的苦是发散开来的，从舌尖一直苦到舌根，且总要咕咚咕咚喝上一大碗才算完事。但那冒着热气的黑褐色药汤里，分明沉淀着生活的回甘。

因为父亲的原因，对附近山间的草药，我也能识得几味。草药不像普通的草那样大片大片生长，它们大多一株一株单独生长在幽僻之所。因而，寻草药就像寻知己。红丹参会开紫色的花，茎叶碧绿，姿态清绝。前胡常生长在崖边，甚至陡崖上，葳蕤一丛，绿意丰盈，怡然自得。

众多草药中，春兰似乎平常，因为极易寻见。春兰的花呈绿色，从叶间抽出三两枝，极其素淡。幼时的我，并不认为那是花。直到后来，读到孔子与兰花的故事，心下惊叹：“兰花之不俗，我竟不识！”《琴操》中说孔子“自卫反鲁，隐谷之中，见香兰独茂。喟然叹曰：‘兰当为王者香，今乃独茂，与众草为伍……’”，于是，孔子作《幽兰操》：“习习谷风，以阴以雨。之子于归，远送于野……”

悠悠琴曲，宛在耳畔；兰之猗猗，于山间，扬扬其香。

“草”字极简，而韵致悠远，写起来天朗气清；草之国度，清露泠泠，风物洵美，不可尽说。

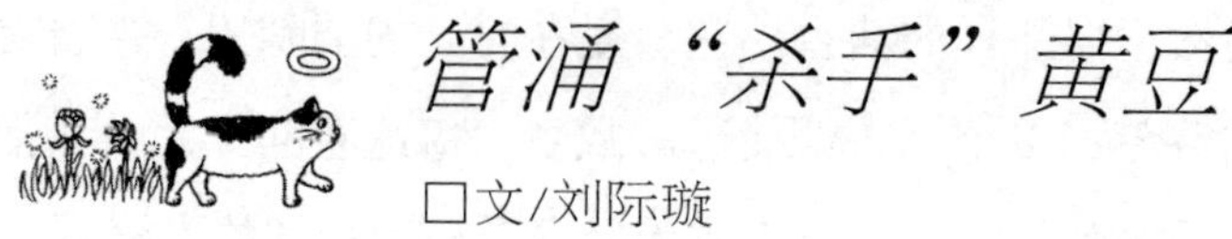

管涌“杀手”黄豆

□文/刘际璇

一入夏，中国南方便容易发生洪灾，为了应对险情，沙包、石子“奋不顾身”，但堤坝险情依旧屡屡出现。洪水肆意时，怎么办？危难之际，黄豆挺了挺胸膛站出来，它拍了拍洪水，气定神闲地说：“我能治你！”

一时间，所有人都感到诧异：“小小黄豆，你有何能耐？竟敢如此大言不惭？”“没有真本事，不揽瓷器活。”黄豆依然从容淡定。那么，黄豆究竟是如何围堵洪水的呢？别急，让我们来掀开它的面纱吧。

说到洪水，就必须说一说管涌这一现象。大家都知道，洪水的力量是非常强大的。当洪水冲击堤坝的时候，力量会向四周分散，但是有一部分力量会穿透密度稀疏的砂质土层。砂质土层的特点是含沙量多、颗粒粗糙、渗水速度快、保水性能差、通气性能好。不过，当洪水的力量集中冲击的时候，巨大的能量会加快砂质土层的渗水，使水逐渐流入砂质土层。而随着巨大的能量不断冲击，砂质土层会形成一个类似管道的东西。这种一头连着洪水，一头连着堤坝的现象就是管涌。

千万别小看管涌，俗话说：“千里之堤，溃于蚁穴。”管涌会带走河堤的很多细沙，长时间不处理就会造成地基松动，从而引起建筑物塌陷，最终造成决堤和垮坝，甚至溃口。说到底，管涌就是造成溃堤的罪魁祸首，汛期时只要发现管涌，就要立即堵上。然而，由于洪水力量强大，如果用一般的沙子和泥土封堵，容易被巨大的水流直接冲走。在这种万分危急的情况下，管涌“杀手”黄豆脱颖而出。

相比沙子和泥土，黄豆不仅能吸水，还会膨胀。人们利用黄豆遇水膨胀的特点，一旦遇到管涌现象，就可以用装满黄豆的麻袋代替土袋在外围筑堤，提高水位，以达到减少渗透压力的目的，从而迅速控制管涌局面。另外，在豆类产品中，黄豆不但吸水最多，而且蛋白质含量很高，这种蛋白质的亲水力极强，能构成结构紧密而结实的水合蛋白，黄豆因为膨胀而紧紧相依，填补管涌中的空隙，防止沙子和泥土的流失。毫无疑问，用黄豆填充管涌口，会将土壤挤压得更加密实。不难看出，在专业抗洪方面，黄豆确实是一个了不起的“能手”。

用黄豆抗洪是一个妙招。不过，有人提出，这是不是有点浪费粮食？事实并非如此。参加抗洪时，黄豆都是用麻袋一袋袋装好的，等到汛期结束后，它们就会被收集起来，不会造成被冲散浪费的现象。被水泡过的黄豆既可以作为农作物种植，又可以作为饲料，那些被泡烂的黄豆则可以作为有机发酵肥料。所以，用黄豆抗洪可谓是“绿色抗洪”，一举多得。

万物有灵

□文/古保祥

去河南嘉应观游玩，我被两株椿树的魅力感染了。景区的人叫它们“姊妹椿”，就是两株椿树长到了一起，像双胞胎一样。

我从椿树那儿起身，绕过钟楼与鼓楼，再经过大禹的神位，跃过丹墀，看到了雍正帝正襟危坐，手持山河社稷图，然后与这儿所有的神与仙们逐个打了招呼，最后又回到了姊妹椿的身边。

尽管解说员不停地神化这两株椿树的故事，但我一点儿也没有听进去。我绕着树身仔细地看着它们的纹路，因为祖母曾经告诉我，椿树是长得慢的植物，尤其是臭椿树，不管长多少年，它们的树身都不会太高，这可能是基因所致。

我感兴趣的是它们如何纠缠在一起的，我用了各种各样的幻想试图还原整个过程。

最开始时，这儿可能是断壁残垣，战争的阴影尚未散去，原来的嘉应观方圆非常小，只是供奉着几个最原始的神仙。战后，有一只鸟儿衔来了椿树的种子，落在这儿，椿籽遇到了湿润的土地后，开始萌芽，当时长出来的椿树一定不是一株，而是一大片，但经年累月，最后剩下的只有一株。椿树要发展，要生长，它的根系不断发达，有一块树根调皮，想从老椿树身上逃离，另立门派，于是拼命地往北边生长，直至形成了庞大的根系。这些根系耐不住寂寞，便开始生长，在另外不远的地方，长出枝芽与叶子，另外一株椿树就这样应运而生了。

我想，它们一定是同一块根系，缠绕在土地里，而形成了截然不同的两个树身。

同根同宗，同血同缘，一脉相承。

姊妹椿一定是经历了万千磨难，才形成现在硕大的根系，我听说它们曾经遭受过雷击，因为在一株椿树的身上，至今仍然保留着巨大的伤疤。我走上前，试图还原它遭遇雷击的整个过程，却没有成功。

几个游客驻足，他们品头论足关于椿树的种种过往。

“听说在树上拴红布，便可以高中状元。”

“还可以心想事成。”

椿树一定在苦笑，被神化的椿树也觉得负担陡增，因为它们只是两株椿树，经历了万千种磨难，才有了现在的灵性与善解人意。它们既然被赋予了神的力量，那么就该用力去保佑世间苍生，所以它们的存在是自然法则。

我在椿树身上发现了“花娘娘”，这是以椿树为生的一种昆虫，可以食用。小时候，我在家里的椿树上经常逮这种“花娘娘”，逮住了，它便在你的身上分泌一种香液，散发出摄人心魄的香味。

我轻轻地将“花娘娘”捧在手心里把玩，任凭它肆意地将香液喷在我的手上，我知道它是在制造逃跑的良机，所以我顺应它的意图，将它放置在椿树身上。它扭动了一下尾巴，爬了几下，飞到一片叶子上面，再犹豫了一下，又飞到了另一片叶子上面，它就这样无休无止地爬动、飞翔。它原本就与两株椿树共生，从此往后，共一轮明月。

还有一种动物叫“梭儿”，表皮坚硬，通常翅膀会藏起来，因为它不太会飞，只有在最危险的时候，才会施展技能。它的颜色黯淡，外表伪装成椿树的土灰色，进化缓慢，几十年的寿命了，依然看起来弱不禁风，像一个永远长不大的小孩。

我看到了无数叶片上面挂满了各种各样的祝福红布，刚刚下了一场雨，湿漉漉的红布在风中飞舞，像离人的手帕。其中一块红布上写着：“我以慈悲来赢得天下善良，我以仁爱来换取苍生无碍。”

何处堪托身，相伴于密林

□文/庄园

在电视剧《司藤》中，女主角司藤是一位既妩媚温婉，又有一身本领的苅族女孩，她的前身是一株白藤。

白藤是一种藤蔓，喜温不耐寒，适合南方种植。它最粗不超过小酒盅口的直径，但长可达500米，是目前陆地上最长的植物。由于它的茎纤细，无法支撑庞大的身躯，所以它需要依靠茎叶上长出的刺抓住身边高大的树木，并不断向上攀延。大树根系发达，可以伸入坚硬的土下，甚至穿过岩石获取深处的水和营养资源。白藤就这样不劳而获且源源不断地汲取大树为它引到脚下的“自来水”和养料。

《司藤》正是围绕藤与树之间的关系展开。藤是白藤，剧中人物为司藤；树是擎天树的后代，剧中人物为秦放。藤要等大树到来好托身，树表示“我就是为你而活”，所以秦放的血可以救活司藤，并且他们缠绵缱绻，不离不弃，生死相依。

白藤要想将水和养料吸收到身体的各个部分，还需要足够的能量，这种能量来自光合作用。因此，为了能争夺更多的阳光，它必须要超越大树，并不断缠绕大树，于是也被人们称为“鬼索”。可见，电视剧中的司藤“精变于西南”，从土壤中汲取养料，可以躺在秋千架上靠太阳补充能量，以及她善用绞杀绝招等，也是有事实依据的。

白藤的茎虽然细长，但纤维高达70%，所以可以编织成各种藤器。从很早以前，人类就有用白藤做成藤鞭、书箱、藤椅、藤床、提篮、屏风等各种饰物的历史，史达祖的词中有“龙香吹袖白藤鞭”，李贺的诗中有“白藤交穿织书笈，短策齐裁如梵夹”。白藤的这种功能在《司藤》中也发挥得淋漓尽致，当然，司藤编织的不是普通的藤器，而是致命的武器，还有雨伞和可恢复能量的秋千等。

白藤要到五六月才会开花，花冠从淡紫、玫瑰红渐渐变成白色，成串的花束十分美丽，种植在庭院中，可作果树或美景欣赏。植物开花说明情已萌动，《司藤》中女主角司藤的指尖和耳后有时也会开出小白花，显然，她也向往一个“情”字。

那么，司藤该托身于谁？表面上，她放弃深爱的邵琰宽是不想过上普通人的生活，实际上，这说明邵琰宽是不能依托的大树。于是，她将自己一分为二，分出了一个白英。白英也是一种藤，属茄科茄属藤本植物，因茎、叶上长有白色发亮的长柔毛，又叫“白毛藤”，类似于白藤的进化物。所以，《司藤》中并没有安排这对性格迥异、大相径庭的“孪生”姐妹合二为一。

司藤有一个对手叫赤伞，也是茢族。赤伞的原型是现实中的毒蝇伞，它外表鲜艳夺目，含有多种神经毒素，欧洲人常用它混入牛奶中杀死苍蝇等昆虫。而昆虫才是白藤的天敌，所以，司藤每次遇到虫子都十分害怕，却敢吸收赤伞的妖力来帮助自己，使自己变得更加强大。

在《司藤》的结局中，司藤不仅遇见了一个“我就是为你而活”的秦放，还因人类的新奇与美好而留在人间，他们一起幽居密林中，最终有情人终成眷属。

向远志和小草借灯盏

□文/李艳霞

我常常回忆，少年时，母亲煎熬草药的味道。冷水浸泡，文火慢熬，那草木充盈脏腑的味道，那深邃山野的气息，那泥土的芳香，弥漫着记忆，久久挥之不散。每当思乡的时候，它又徐徐地从岁月深处飘来……

原来，草药里有一味药叫“远志”，也叫“小草”，其味苦、气微、微辛，有刺喉之感。远志与小草虽属同一物，却有根、叶之别，根为远志，叶为小草。

远志并不罕见，多产于我国东北、华北、西北和华中地区，生长在山坡和野草甸。在湿润松软的土壤里很难看见它的身影，而在干裂且坚硬的土地上抽枝发芽，即使生存环境再恶劣，再艰难，再不堪，它都会穿越阻碍，投向未来。

远志之名由来已久。明代李时珍在《本草纲目》中曰：“此草服之能益智强志，故有远志之称。”如此评价远志，这要从《远志与小草》的典故讲起。

东晋时期，有一个叫谢安的人，当初在东山，隐居不仕，却心存高远。后来，朝廷多次下达征召命令，谢安迫不得已出山。一日，有人送给大将军桓温一些药草，其中有一味叫远志。桓温拿着它问谢安：“这种药草叫远志，又叫小草，为什么一个东西有两个名称？”谢安没有立即回答。在场的郝隆应声回答说：“这很容易解释，隐于山中时叫‘远志’，出山后就叫‘小草’。”谢安听了，神色有些惭愧。桓温忙加解释：“郝隆这种解释，我很有同感啊！”这位身居高位具有权尊的大将军桓温，笑语调解，既为谢安解了嘲，又激励了谢安这株积年的“远志”终于出来做“小草”了。同时，桓温这谦谦君子，不缺兼誉郝隆之智。

后来，谢安接受了桓温授予的司马职位，因心中怀有大志，其出仕震动了整个东晋。通过历史可以充分证明，淝水之战，由于谢安的成功策划，以少胜多，最终圆满实现了“东山远志”的夙愿。

一棵有远志的小草如此势单力薄，它甘于低调处世，从不趾高气扬。这样的韬光晦迹，既不标榜自己的志向，又不炫耀自己的奋斗，甘愿被人忽略，宁可做一棵自立、自强、自尊的小草，不正是人生励志的灯盏吗？

然而，古往今来，许多文人墨客希望小草拥有大树的天空，便托物言志，借助炳炳烺烺的文字，讴歌小草的志向和品质。

小草拥有大树的天空，却有不同于大树的经历。伟岸而挺拔的青松，从涧壑中挺然而出，风吹飒飒十里开外都能听见声音。风吹而过，青松上有百尺的菟丝子攀附，下有千年的茯苓相伴。其药草的本性能和松树长久相伴，借着树的风光，常见世面。而小草要想出人头地，必须坚持长久的立志、修身、立命，巩固基础，等待时机一到，才能实现远大的理想抱负，放飞梦想。

远志和小草，结构着草木的形态，不仅可以抚慰人们的内心，传递着一种智慧，还歌颂着源远流长的中国传统价值观。满怀乡愁的人，一定是从牢记故乡草木的名字开始，而童年认识的世界，肯定是身边的草木打开了窗户，教孩子四体勤劳，分辨五谷。

经由远志和小草的出世和入世，我发现一种精神。它呼吁人们重走小草走过的路，向远志和小草借取智慧的灯盏，以照耀人类的前途，照见自己和身外的世界。

愿你有莲花开在心田

□文/月下婵娟

大抵没有人会不喜欢一朵莲花。

据说莲花出生在一亿多年以前，那时候地球上气候恶劣，它与少数生命力极其顽强的野生植物一起生活在这个贫瘠的星球上。最早的人类留意到它，目的是为了吃。“薮泽已竭，既莲掘藕”，莲藕与莲子，我们的祖先与我们，从远古到如今，大抵始终钟情它给予我们的那份清香与甘甜。

莲花的美丽首次征服了一个王，被从荒野移居到宫殿，大概是在公元前473年。战败的越王勾践为吴王夫差送来了佳人西施，也许是为了慰藉佳人的思乡之情，吴王将红色的野莲花移栽到他的离宫，给佳人修筑了“玩花池”。

离宫与玩花池随着王朝覆灭，消失于冲天的硝烟与连绵的战火。而那株莲花，依然安静，沉默，纯洁，香妙，经风沐雨。

六朝时，与莲花有关的“采莲”风靡一时。妙龄的女子，荡着小船，活泼热闹又多情地采莲，看采莲的人们络绎不绝，将整个江南的灵气与风流都赋予在这古老浪漫的事情之上。

“采莲南塘秋，莲花过人头。低头弄莲子，莲子清如水。”这是无论在何时想起都会心生柔软的句子，如同这首《西洲曲》的末尾写的：“南风知我意，吹梦到西洲。”

李白的“镜湖三百里，菡萏发荷花”，写着在广阔无边的水面上，荷花竞相绽放，是他挥笔而就的壮观和美丽。他也写明丽活泼的《采莲曲》：“若耶溪傍采莲女，笑隔荷花共人语。日照新妆水底明，风飘香袂空中举。岸上谁家游冶郎，三三五五映垂杨。紫骝嘶入落花去，见此踟蹰空断肠。”青春年少，她是荷塘里最娇艳、最可人的那一朵，岸上骑着紫骝马的公子是谁家的儿郎，那样英俊潇洒、风流倜傥。他们清流似的目光在空中交会，她便藏入荷叶中，羞红了脸。

读着这样的诗句，回到女子素手采莲的时代，便会有许多美丽的句子同歌声一样响起来：“荷叶罗裙一色裁，芙蓉向脸两边开。乱入池中看不见，闻歌始觉有人来。”“菱叶萦波荷飐风，荷花深处小船通。逢郎欲语低头笑，碧玉搔头落水中。”总是这样的纯真、浪漫、朴素而又多情。

“毕竟西湖六月中，风光不与四时同。接天莲叶无穷碧，映日荷花别样红。”这盛大的美景与李白所见有得一比，同样是杨万里，他的“泉眼无声惜细流，树阴照水爱晴柔。小荷才露尖尖角，早有蜻蜓立上头”更是清新可爱，有一种熨帖自然的天真。

“常记溪亭日暮，沉醉不知归路。兴尽晚回舟，误入藕花深处。争渡，争渡，惊起一滩鸥鹭。”这是李清照的娇憨。

“菡萏香连十顷陂，小姑贪戏采莲迟。晚来弄水船头湿，更脱红裙裹鸭儿。”“船动湖光滟滟秋，贪看年少信船流。无端隔水抛莲子，遥被人知半日羞。”这是皇甫松笔下的纯洁无邪。

因着这些诗句，我们似乎可以穿越千年，看到那些美丽绽放的莲花，认识那些晶莹可爱的女子。

这一朵莲花，它是相思，是风景，是童年，是惆怅，是情伤，也是周敦颐的君子。

“出淤泥而不染，濯清涟而不妖，中通外直，不蔓不枝，香远益清，亭亭净植。”周敦颐知莲的美丽，更懂莲的灵魂。

白驹过隙，岁月红尘，愿你有这莲花做伴，有这莲花开在心田。

一条鱼的自白

□文/韦来

我是一条鱼，出生在鱼类研究中心，并在这里长大。为了做实验，养育我的科学家没让我见过蚯蚓和鱼虫之类的蠕虫状食物，直到有一天，他们把我放进了一个特别准备的鱼缸里，里面散落着两种塑料：一些是碎片状的，另一些是蠕虫状的。

不知什么原因，我一见到那些蠕虫状的塑料就感觉特别兴奋，虽然它们是静止不动的，但是长得很符合我的口味，我忍不住围着它们转悠，并且反复用嘴去尝试、咬食。而那些碎片状塑料可不像食物，我看了两眼，便匆忙跑开了。

既然我从小到大都未曾见过蠕虫，为什么会觉得无色无味的蠕虫状塑料比碎片状塑料更像食物呢？科学家初步认为，这是因为我身体里拥有喜欢这些蠕虫状东西的基因。这基因到底在哪里？我想，大概就在我的眼睛里吧。因为我的眼睛是很特别的圆球形晶状体，通常没有眼睑，也不能闭合，而且我调节视线的主要方式是靠晶状体位置的前后移动，而不是改变晶状体的凸度，这造成了我眼睛的一个缺陷——极端近视，同时带给我一个优点——视角超大，这使得有些东西在我看来是不同寻常的。

有人模仿我的眼睛制造出“鱼眼镜头”，视角可以达到180至230度，为摄影爱好者近距离拍摄大范围景物创造了条件。但是，正如我们看东西一样，“鱼眼镜头”下的图像变形得很厉害，透视汇聚感相当强烈。“鱼眼镜头”区别于超广角镜头的一大特征就是，它故意保留了影像的桶形畸变，从而取得夸张变形的效果。怎么，不相信？你可以买个“鱼眼镜头”亲自感受一下，或者自己动手做一个鱼眼装置。方法很简单：找一个不要的镜头盖，在上面镂个孔，再找一个常见的装在门上的“猫眼”，把这个“猫眼”固定在镜头盖里，然后将此镜头盖盖在一只标准镜头上，就可以产生“鱼眼镜头”的效果了。

一旦你明白了鱼眼看世界的原理，就能明白我喜欢吃蚯蚓的原因了。其实，我压根不认识蚯蚓，蚯蚓需要空气，生活在泥土里，靠皮肤呼吸，如果不是大雨将它们冲入河流，或者垂钓者将它们扔进水中，蚯蚓不会成为我的盘中餐。蚯蚓落水后会痛苦地挣扎扭动，它们那种细长条形、凹凸不平、具有沟壑的外表就会被我的“鱼眼镜头”汇聚，改变成食物的图像，刺激我的神经。这就是当我看到蠕虫状的东西时会感觉异常兴奋的原因——它们看起来就是成堆的食物啊！

爸爸妈妈曾经传授给我一个生存的智慧：只要形状对，就可能是食物，大胆吃吧！爸爸妈妈的教导在大多数情况下都是正确的，只可惜后来有人发现了我们觅食的秘密，为了欺骗我们上钩，制作出了塑料蠕虫鱼饵，里面还可以加入各种调味剂。这种新型鱼饵很美味，也很诱惑，可以被反复使用，那些人居然给这种钓鱼方法取了一个名字，叫“路亚钓法”，也叫“仿生鱼钓法”。哎，为了填饱肚子，为了活下去，我们怎能抗拒这样的诱饵呢！也许某年某月的某一天，我也会吃到鱼钩，那就是我生而为鱼的命，只能自己多加小心啦！

神奇的恶魔铁甲虫

□文/侯家林

春秋时期，鲁班发现草叶的边缘有许多又尖又快的细齿，因而发明了锯子；根据蚊子原理，我们发明了注射器；根据鲨鱼皮的原理，我们发明了新的游泳衣……自然界的一切，总是能给我们提供无穷的智慧和想象。

这不，又一个昆虫界的“狠角色”出现了，就是这只又黑又硬的家伙。以前经常听人放狠话说：“我捏死你，可以像捏死一只虫子一样简单！”恶魔铁甲虫表示不服，你捏捏试试？

恶魔铁甲虫就像一块坚硬的石头，就算是世界上最强壮的人，用拇指和食指尽力挤压这只甲壳虫，也不能把它怎么样。因为人的这两根手指头的挤压力不超过40牛顿，而恶魔铁甲虫能承受约160牛顿的挤压力。

恶魔铁甲虫生活在美国西海岸干旱地区，不会飞，以硬壳著称，受到外力刺激时会装“死”，最长自然寿命可达八年，和那些不可语冰的夏虫，绝不可同日而语。

为了解开“恶魔铁甲虫为什么会如此坚硬”这个谜团，加州大学尔湾分校材料科学家大卫·基萨卢斯的团队使用了先进显微镜、光谱学和原位机械测试等手段，对恶魔铁甲虫的超级壳进行研究，果然发现了它独特的结构。在这种昆虫小坦克一般的体内，两个关键的微观特征帮助其承受了强大的挤压力。

第一，是恶魔铁甲虫外骨骼上半部分和下半部分之间的一系列连接，在边缘上有一些凸脊锁契合在一起，而且接触面呈现出三种不同类型的侧向支撑，将腹侧角质层连接到鞘翅上：叉指式、闭锁式和独立式。叉指关节在压缩下表现得很坚硬，而闭锁式和独立式的支撑使外骨骼在压缩时可以发生一些形变，有助于缓冲压力。

第二，是恶魔铁甲虫背部刚柔并济的接头或缝合结构，其沿恶魔铁甲虫背部中线延伸，连接起左侧和右侧厚实的装甲。

科学家将恶魔铁甲虫这一系列凸起物称为"刀片"，它们可以像拼图玩具一样装配在一起，将两侧紧密相连。而且，这些刀片包含由蛋白质黏合在一起的组织层，具有较高的抗损伤性和自我修复性。当用一定的力挤压恶魔铁甲虫时，每个刀片层之间的蛋白质胶中会形成微小的裂纹，但是科学家表示，那些小的裂纹类似于可自愈的骨折，这些刀片能够有效吸收冲击而不会完全折断，保护恶魔铁甲虫体内的软组织。研究人员认为，上层坚固而具有的交叉状支撑物的坚固结构，可用于保护恶魔铁甲虫的重要器官不被压碎；在上下链接部分，柔顺的闭锁式和独立式的支撑物则允许外骨骼变形，类似于可调高低的底盘悬架一样，从而使恶魔铁甲虫能够挤入岩石或树皮的缝隙中。

这种类似的变形适应能力，启发科学家设计了可伸缩变形的机器人，这种机器人可以挤进狭小的空间并在其中移动，它可以用于在灾后倒塌的建筑物中搜寻幸存者。恶魔铁甲虫功能多样的支撑结构，也为装甲车辆提供新的设计思路。人们不得不感叹，自然进化的结果是如此伟大，放弃飞行能力的恶魔铁甲虫，让自身装甲的进化强于大多数同类。

大卫·基萨卢斯补充说："鉴于大自然生物在数亿年的时间里一直在做优化和进化实验，人类拥有足够的资源为下一代材料和结构设计提供灵感。"人类再一次向大自然拜师学艺，对恶魔铁甲虫"装甲套件"进行研究的成果，可能会激发新的、更坚固的设计方案，有望用在未来新一代防弹衣、建筑、桥梁等设计上。

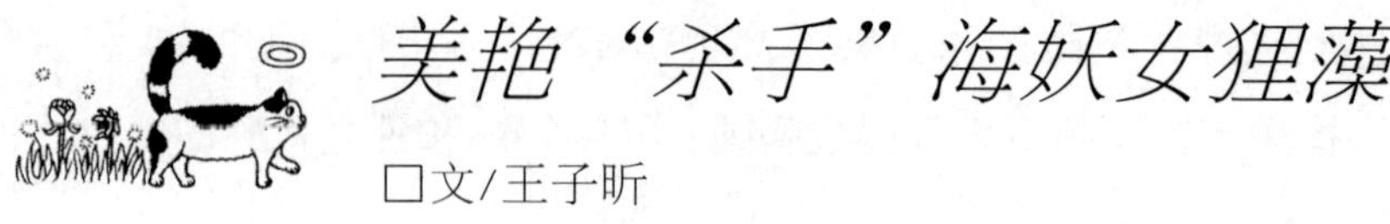

美艳“杀手”海妖女狸藻

□文/王子昕

我们先听一个故事。

在古希腊神话中，伊阿宋和阿尔戈英雄们得到金羊毛后，扬帆返程。不久，他们看见一个满是花草的岛屿，那是半人半鸟状的海妖塞壬的领地，塞壬和她的姐妹们常常以歌声诱惑过客，使其心智迷失，然后将其杀死。此刻，海妖们就坐在灌木丛中，只露出少女的面庞，清歌婉转，美妙的旋律和着花香飘到了船上。听到歌声，英雄们的桨摇得越来越慢，只想留在这里终老一生。正在这危急关头，歌王俄耳浦斯正襟危坐，琴声陡起，一曲英雄的赞歌划破云霄。很快，海妖们的靡靡之声就被压了下去，英雄们又恢复了往日的神采，“阿尔戈”号终于驶离妖岛。

神话中代表着美艳、魅惑的海妖被后人铭记，星巴克的标识设计最初就源自海妖塞壬，设计者应该是属意海妖塞壬所代表的意义吧。现实生活中没有海妖，可是在植物的种属里，有一种狸藻科植物，以海妖来命名，它就是巴西特有的植物——海妖女狸藻。

海妖女狸藻有着迷惑人心的美艳形象，让人爱怜。未开花的它，匍匐在海拔500米至1500米之间潮湿、多砂的砂岩上，茎枝矮化变态成匍匐枝，叶子娇小如铜钱状，一簇一簇，给贫瘠高寒的岩石带来点点绿意。开花时的它别有一番风韵，花朵由挺出直立纤细的花茎举着，点缀在绿叶中间，随风摇曳，犹如芭蕾舞者在枝上翩翩起舞；花色大多为洁白色，还有的是淡紫色，既纯净可人，又幽美淡雅；花期大约半年，你方唱罢我登场，好不热闹。花落之后的它还会长出小小的椭圆状果实，随风飘落入岩间，来年又会生发出新芽，周而复始。

你可别被海妖女狸藻的外表迷倒，它可是一种小型陆生食肉植物。更令人啧啧称奇的是，它的捕虫速度只需0.01秒，可以在瞬间将猎物吞入囊中，是行动非常快的主动型捕食类植物。

海妖女狸藻作为捕捉小型动物的高级“杀手”，拥有非常独特而精致的杀虫工具——捕虫囊。捕虫囊位于海妖女狸藻的匍匐枝上或叶柄基部，呈圆形或肾形，长3毫米左右，整个外形如同一个小小的甲壳动物。捕虫囊最关键的部分是囊口和其内的瓣膜，囊口布满小刚毛，小动物受到囊内分泌物的引诱，刚一触碰到囊口刚毛，囊口内瓣膜就会快速由内打开，小动物则会毫无防范地顺着刚毛滑进去，之后，瓣膜迅速关闭且无法打开，可怜的小动物就成了海妖女狸藻的囊中物。而海妖女狸藻毫无愧意，心安理得地享受着大自然赐予的美味佳肴。

海妖女狸藻无肉不欢，这主要是受生长环境影响。它生存的土壤中缺少一些含氮物质，需要靠吸收小动物的养分来滋养自身。每株海妖女狸藻长有数十枚捕虫囊，足够供给它的基本生存。

冥冥之中自有主宰，大自然安排娇小的海妖女狸藻怒放在岩崖之上，给予它生存特技，让这里有花开花落的静美，也有张设陷阱的惊心动魄。

海妖女狸藻对外来刺激反应灵敏，并不只是食肉植物的独门特技。植物的奥妙还有待于人类去深入探究，因为每一种生物身上都有人类还没有破译的编码，而有些编码就像潘多拉之盒，会给我们带来灾难。所以，在大自然面前，我们要葆有一颗敬畏之心；在生命面前，我们应持有一种平等观念。

看着海妖女狸藻——这盛开在砂岩之上的“杀手”，我希望它能美艳依旧。

硬核的得州角蜥

□文/雷炳新

在美国奇幻冒险电影《怪物猎人》中，最吸引观众眼球的莫过于一群恐怖异常的怪兽了：体长达110米、能在沙漠中穿梭自如的山龙，头部长有两只巨大犄角而善于从地下偷袭的黑角龙，昼伏夜出能捕食毒怪鸟的剧毒影蜘蛛……而在自然界，有一种动物，它仿佛从《怪物猎人》中穿越而来，相貌狰狞，不但能在严酷的沙漠中来去自如，而且能猎食剧毒动物，它就是得州角蜥。

在蜥蜴家族中，得州角蜥属微小类，成年体长只有10厘米左右。但它全身披挂着坚硬的尖刺状鳞片，看起来着实吓人。

得州角蜥的硬核首先体现在能以具有剧毒的收获蚁为食。收获蚁的大颚可以咬碎种子，具有强大的自卫能力，而且蜇刺毒性极强，但得州角蜥的血液里含有独特的抗蚁毒成分，可以毫无顾忌地大量进食收获蚁。

得州角蜥的捕食很有技巧：它用舌头粘住收获蚁身体中段的背面，避开头部和腹部末端，让收获蚁不能掉转头，或者通过屁股上的蜇针对其舌头发动攻击。把收获蚁送进嘴里之后，得州角蜥咽喉和食道里的黏液会把它粘住。这样，可以防止收获蚁反击。

得州角蜥生活的环境非常干旱，而它的又一硬核之处在于可以用皮肤喝水。得州角蜥全身鳞片之间有宽100至250微米的细缝，发挥着超迷你“自来水管线”的作用。露水和湿沙中的水分只要沾到得州角蜥身上，便能进入鳞片的缝隙，通过毛细作用一直上升，得州角蜥不需要付出任何能量，水就送到嘴边了。

在沙漠严酷的环境中，到处是弱肉强食，为了生存，得州角蜥还练就了许多奇葩的防御技巧。

第一道防线是保护色。得州角蜥土黄色带有斑点的皮肤，仿佛沙漠的地面，它经常一动不动，身体两边的刺破坏了身体阴影的轮廓，让它更加难以被察觉。

遇到蛇时，得州角蜥会“看蛇下菜碟”：如果对方是鞭蛇，它就待在原地，靠保护色隐藏自己；如果是西部菱斑响尾蛇，它便撒腿就跑。因为鞭蛇爬得极快，得州角蜥知道自己跑不过它，所以选择不动，但响尾蛇爬得慢，捕食办法是守株待兔然后发动偷袭，跑路是最明智的选择。

而对付犬科捕食者如敏狐等，得州角蜥会使出最硬核的技能——眼睛飙血。它的两眼下各有一个小囊，可以把血积存在里面，遇到险情时则通过增加眼压，喷射出两股细细的血柱。得州角蜥喷出的血会让犬科动物产生痛苦的反应，直至把嘴里恶心的味道吐掉。这样一来，得州角蜥便能逃出生天。

如果这些招式都不管用，得州角蜥还有一招撒手锏：将身体展开变宽，加上侧面的尖刺，让捕食者无法吞咽。

以毒蚁为食，用皮肤喝水，让眼睛飙血，得州角蜥的硬核是严酷的沙漠和弱肉强食的环境历练出来的，是逆境缔造了得州角蜥的硬核。

大象的鼻子怎么那么长

□文/胡征和

远古时代，大象是没有长鼻子的，它们的鼻子与一般动物差不多，也是一个鼓起来的肉块，只是显得稍大一些罢了。可是有一天，象群来到了河边，有一条鳄鱼正在水里游来游去，一头小象想知道鳄鱼在吃什么，就低下头仔细观察。这时，鳄鱼昂起头，迅速咬住了小象的鼻子，然后一个劲地拽呀拽，一直拽到1.5米长。从此以后，大象就有了一个长长的鼻子。

这是英国作家吉卜林的《丛林之书》中的内容，虽有些荒诞，但留下了一个谜题。

其实，大象的鼻子为什么那么长的疑惑，并不是近代才有的。早在2000多年前，希腊哲学家亚里士多德就关注过大象的鼻子。他认为，动物的功能部件是为了执行某些特定的功能而设计的，如果能够找出大象鼻子的功能，就能够猜测为什么大象的鼻子必须那么长。就如长颈鹿有一个独特的长脖子，是为了完成一个特定任务——从高高的树枝上吃树叶。如此，就可以存在一个合情合理的推测，即动物该部件是为了完成某个任务而存在的。

这是一个目的论。据此得出，因为要闻味道，要觅食，要在水里呼吸，为了达到这些目的，大象长出了长长的鼻子。大象体型庞大且笨重，屈膝蹲身都不方便，只有长鼻子才能下嗅地面味道，上闻空中气息，还可以伸张自如地卷食食物，而在水里，大象重量级的吨位无法浮出水面，只能靠长鼻子伸出水面通气呼吸。

亚里士多德的目的论貌似情理兼备，所以影响了千年。但问题来了，既然大象的鼻子是为着执行某种功能而设计的，那谁是设计者呢？

18世纪中叶，法国博物学家布封提出了大象鼻子的“设计师”是自然界的说法。通过长期观察，布封认为，如果一个物种没有受到捕食者的威胁，那么它的种群数量就会成倍增长，大自然便会赋予这个物种生存所需要的某些特性。大象就是其中一个例子，它的鼻子是自然界授予过的“最令人羡慕”的动物肢体，这个肢体的长度能够同时执行多种功能，如闻气味、触摸、呼吸等，这些能力又反过来提高了大象的智力和记忆力，这也是大象能在野外生存的必要条件。

1809年，法国的另一位博物学家拉马克提出了另一个说法，他在《动物学哲学》一书中提及，动物可以通过不断练习获得某种特征，然后遗传给后代。如大象为了能够吃到树上的叶子，尝试着将鼻子延伸得更长一些，久而久之，鼻子就真的越来越长了。

时光流转到1859年，达尔文《物种起源》出版了，给出了更具说服力的解释。但与拉马克的想法不同，达尔文认为，在任何给定的种群中，都会自然地发生一定程度的变异，而且那些最适合周围环境的个体最有可能生存和繁殖。这就是所谓的“自然选择”，这个过程将有利于特定性状的进化。自然选择，优胜劣汰，是一切生物进化的路径。对大象来说，它那标志性的长鼻子，正是它对特定环境因素反应的必然结果。

从2000多年前开始，人类就对大象的鼻子问个不休。直到2015年，科学家们给出了迄今为止最合理的解释。为什么大象的鼻子那么长？因为大象鼻子的长度与它可以塞满嘴巴的食物总量成正比。并且，之所以大象的鼻子越来越长，很可能是因为大象所摄取的植物叶子的营养含量下降，促使大象不得不增加食量，因而逐渐演变成现在这样。

一只影响世界的“猫”

□文/赵君鹏

“活着，还是死去”，这个问题让哈姆雷特很头疼。但这对“薛定谔的猫”来说，根本不是事儿，因为这只猫可以“既死，又活”。1935年，奥地利量子力学家薛定谔提出这样一个设想：将一只猫关在装有毒药和少量镭的铁盒子里。如果镭发生衰变，会触发机关，打碎装有毒药的瓶子，猫就会死；如果镭不发生衰变，猫就存活。根据量子力学理论，在人们打开盒子观察之前，由于放射性的镭处于衰变和没有衰变两种状态的叠加，猫会处于死猫和活猫的叠加状态，也就是说，这只猫既死又活。

虽然这只猫和砸在牛顿头上的那个苹果一样有名，但显然“既死又活的猫”不像万有引力那般容易理解，它只是量子力学的一个经典设想。要想认识这只猫，我们得先了解一下什么是量子力学。量子力学是物理学的分支，研究对象是微观粒子的运动规律，而粒子是能够以自由状态存在的最小的物质组成部分。20世纪初，物理学家创立了量子力学，他们研究认为，微观世界和宏观世界有着很大的不同，宏观世界的很多理论在微观世界是行不通的。比如，粒子可以存在于叠加状态中，也能同时拥有两个相反的特性。举例来说，生活中，我们常说“不是在咖啡馆，就是在去咖啡馆的路上”，而在量子力学看来，粒子是可以处于“既在咖啡馆，又在路上”的状态。但是，人们不能测量粒子，否则就会影响粒子的状态，从而影响测量的结果。

“薛定谔的猫”形象地说明了微观世界和宏观世界的不同。那么，如果条件允许，在宏观物体上能观察到这只“既死又活的猫”吗？量子理论没有给出回答。物理学中有一个重要问题，就是研究量子世界与现实世界之间的边界，或许这个边界根本就不存在。

最近，这个沟通微观世界与宏观世界之间的桥梁有眉目了。一个物理研究团队表示，他们找到了一种方法，能够让“薛定谔的猫”进行“繁殖”，也就是让它更多，更大，或许将来有一天，这种办法能把量子世界与现实世界连接起来。

这个实验是亚历山大·洛沃斯基主导的，他是加拿大高等研究院量子信息科学研究员。他们是这样进行这个实验的：将两束电磁场方向完全相反的连续光束进行叠加，也就是说，利用光波分束器让这两束光发生干涉，让它们处于“你中有我，我中有你”的状态，然后尝试着从这些光波出发，培育更高振幅的光波“猫”。他们在其中一个分束器输出终端上，安装一台探测装置，如果探测器能够检测到一个反馈信号，就意味着一只叠加状态的“猫”诞生了，并且这一只“猫”的能量等于两只“猫”的能量。换句话说，能量是初始状态的两倍。

通过这种方式，研究人员将两只低振幅的负“猫”合成了一只高振幅的正“猫”。让研究人员感到兴奋的是：这个实验流程能够不断地被重复。也就是说，刚制造出来的“猫”可以继续被输入分束器再次叠加，从而再次提升能量等级。用这样的方法，理论上可以无限放大“薛定谔的猫”，并逐渐逼近量子世界的极限。

量子力学研究是当今科学研究的一个热点，我国也在进行相关研究，目前已走在世界前列。在未来，量子技术不仅可以用于百姓的日常通信，还可以用在国防、金融等领域，使人们的生活更加便捷，工作更加安全高效。

鳜隐不知处

□文/寒石

在自然界，潜伏是掠食性动物的拿手好戏。

我想“潜伏”这个词，倘若用到鱼身上，也许算是回归本义。鱼潜在水中，游着或伏着，应是常态。潜伏其实也是某些掠食性鱼类的生存本能：找一个隐蔽的，便于观察、突袭处所，潜伏下来，静待目标出现，然后伺机给出致命一击。

在淡水鱼类中，鲈和鳜均属于水中的潜伏者，其中鳜最典型。鳜鱼又称桂鱼，头尖口大，牙齿锐利，背隆起，背鳍发达，披一身黑点豹纹，长相凶悍，是典型的掠食性鱼类。

跟其他鱼类不同，鳜像一个老谋深算的隐者，不喜欢在水中游荡，而是静静地隐在水中某处。有人观察说，鳜喜欢独处，一生不是在潜伏中，就是在潜伏中享用猎物。如此看来，鳜的残暴性比豹子有过之而无不及。鳜另外一个令人发指的特性是，它摄食不像其他掠食性鱼类那样整个儿吞下。猎物到口，它不忙着吞噬，而是叼回潜伏处慢慢享用，还要慢条斯理地咀嚼、去壳、吐刺。对其他鱼类来说，与鳜同处一片水域简直是一个噩梦，自己永远在明处，对方永远在暗处，危险总是猝不及防地到来。

我想，能够终结这一水中暴虐者的，除了水、时间之外，就是人类了。一尾鳜落到人类手中的结局，跟一尾鱼落到它嘴里的结局几乎一致，最终沦为人类餐桌上的几根骨头，而不是刺——鳜没有刺。不知是巧合还是规律，掠食性鱼类一般少有刺。从生物学角度说，鱼刺本身是用来防备的，这些鱼都是食肉性鱼类，没有天敌，不需要这种自卫武器。不仅如此，掠食性鱼类肉质普遍比杂食性鱼类好，质地坚而细腻，脂肪含量低，有韧性。

鳜鱼肉质紧致细腻，又厚实无刺，是淡水鱼中的佼佼者，自古广受食客喜爱。每年桃花时节，有些按捺不住的鳜开始偶尔离开自己的潜伏地到中上水层活动，这时节的鳜肉质最肥嫩，也是食鳜的黄金时节。

相传，乾隆皇帝下江南微服私访，要吃祭台上的元宝鱼。店家将鱼烹成松鼠形，以避宰杀“神鱼”之讳。后来，这道菜流传开来，民间开始使用鳜鱼“复刻”。松鼠鳜鱼造型奇绝，制作并不复杂：鲜活鳜鱼洗净，齐胸鳍切下鱼头，下巴处剖开，用刀面拍平；再沿脊骨两侧片开，剔脊骨，鱼皮朝下，在鱼肉上剞菱形花刀；最后挂蛋液拍干淀粉后油炸成形，鱼肉翻卷呈菊花状，入盘拼上鱼头，上桌浇酸甜调味汁即可，犹如一只尾巴高耸的松鼠。

如果说松鼠鳜鱼是鳜鱼精吃的杰出代表，另一种名吃则恰恰与之相反，可谓是粗放吃法的典型。安徽人对鳜鱼情有独钟，但越是鲜嫩的食材越易腐败变质，这点在交通不便、冰鲜技术尚未萌芽的古代愈显突出。面对这一问题，人们的对策是在运输过程中适当撒些淡盐水，并经常上下翻动，使之既不至于完全变质，又不像腌制品那样僵硬苦涩，失去原有的鲜美。如此十天半月后，一桶桶鳜鱼抵达各自去处，人们见到的鳜鱼鳃仍红，鳞不脱，质稍变，散发出一种似臭非臭的特殊气味。鱼清洗后经油煎烹调，肉质介于鲜肉与腌肉之间，如蒜瓣般绽开，口味醇厚，有层次感，更让人回味，别有一番风味，成为一道地道的民间佳肴。

鳜隐不知处。乾隆皇帝假如不下江南，估计这道松鼠鳜鱼也未必能出世。臭鳜鱼就更不用说了，那本来就是民间智慧的结晶。至于那尾隐在自然水体里的鳜，该潜伏还潜伏着，现如今，更少有人知其隐在哪儿了。

让帝企鹅在非洲草原上奔跑

如果呈现在你眼前的是帝企鹅在非洲草原上欢乐地奔跑着、非洲象在南极冰雪上慵懒地散步，你是否觉得这样的画风很滑稽，有悖常理？

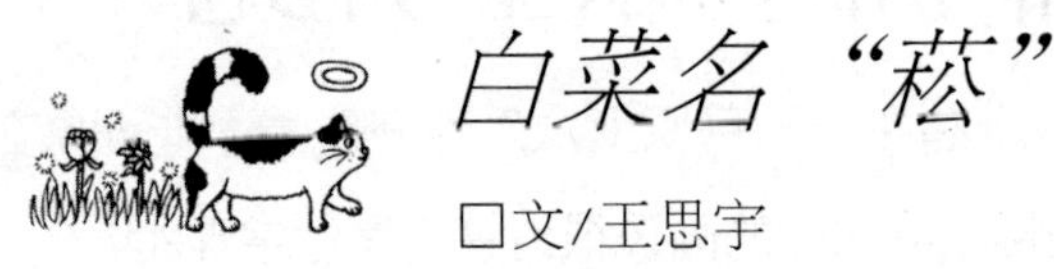

白菜名“菘”

□文/王思宇

菘性凌冬晚凋，四时常有，有松之操，故曰菘，俗谓白菜。

白菜名“菘”，仿佛是古时称摘大野豌豆为“采薇采薇”，初春早韭，秋末晚菘，依节顺令的中国人一向讲究不时不食。换了个称谓，白菜身上也有了股扑面而来的风雅流转韵。

一转眼的工夫，就到了闻着炒栗子香、剥着橘子的天气了。北方街头的人们把手揣在衣服兜里，哈着白气买烤地瓜，地瓜香气总是让人感觉满心暖暖的欢喜。这个时候，在广袤的北方大地上，人们都会被裹挟进一场声势浩大的“冬储 ”运动中。人们的储菜以白菜为主，外加萝卜、土豆等，每家少则存上二三百千克，人口多的甚至存有上千千克。

有人说，南方人买白菜买半棵，北方人买白菜买半车。原因是早年间北方冬季蔬菜的品种极少，所以大多数北方人会在立冬前后储存一些蔬菜，以备过冬。虽然说现在的生活条件有了很大的改善，但是这一习俗还是保留了下来。

记忆中，我家院墙外的小菜园里，每年都会种植几十棵白菜。雾霭蒙蒙的清晨，大人们会说：“赶紧去院里摘棵白菜中午吃，霜打过的白菜好吃着呢！”

入冬收获时，白菜个个鲜嫩结实，放在提前挖好的菜窖里，用泥土封存好准备过冬。这几十棵白菜便是我们今冬明春当家的主菜了。小时候的冬天仿佛只有白菜和萝卜，见不到一丁点的绿色。那抹绿色在白雪皑皑的记忆里兀自鲜艳着，让荒凉的日子生气勃勃，透着漫长冬天的希望。

在冬天，北方人的味蕾就长在白菜上。

11月初的白菜是一年中最甜的，这时白菜经历霜冻，味道开始变甜，俗话说“京白菜甜似蜜”，迎霜的白菜正是甜甜蜜蜜好时节。苏轼赞它：“白菘类羔豚，冒土出蹯掌。”范成大也夸它：“拔雪挑来踏地菘，味似蜜藕更肥醲。”齐白石曾言：“牡丹为花中之王，荔枝为果之先，独不论白菜为蔬之王，何也？”可见，在大师心中，白菜堪称百蔬之王，对其偏爱程度可见一斑。

王者自有王者的气度和海量。一棵白菜，可以素炒、凉拌、醋熘、清炖、汤煮、制馅、腌制等换着法儿地吃，来之不拒，安之如饴，更为难得的是极尽包容，又自得其味。等到过年的时候，齐刷刷、胖墩墩的大白菜经过恰到好处的晾晒，混合了猪肉馅儿的滋润，勾出来的是那种平凡却让人抹泪的“家”味。雪落得静悄无息，隔着蒸腾的雾气向外看，飘逸轻盈，常常会让人忘记了脚底积雪的厚重。

在东北地区，白菜被制作成酸菜后，成了东北人最爱炖粉条的主角。冻豆腐和着膘肥油厚的猪五花，七荤八素的一锅酸菜乱炖惹得满堂热气烘烘，春暖花开。这种平民且朴素的炖菜，装着东北人最寻常的深情。

而在国宴之上，开水白菜征服了许多外宾。所谓的“开水”，指的是用老母鸡、鸭、猪排骨、火腿等食材熬制的高汤，每一口都是奢侈的感觉。有人说，开水白菜代表着一种中华美食的艺术，看似简单的外表下，藏着极深的功夫底蕴，只有阅历极深才能明白其中的精华与伟大。

退回深海重生的腔棘鱼

□文/周敏

腔棘鱼生活在距今4亿年前的泥盆纪时代，因脊柱中空而得名，是世界上古老的鱼类之一。由于科学家在白垩纪之后的地层中找不到腔棘鱼化石的踪影，近6000万年间更是没有在任何水域中发现过它，导致人们一度认为这个鱼种如同侏罗纪的恐龙一样灭绝了。

历史性的转变发生在1938年，当时有渔民在非洲南部捕捉到一条两米长的大鱼，此鱼具有远古的样貌，通体泛着青光，经过科学家辨别与证实，它就是被人们误以为早已灭绝的腔棘鱼。腔棘鱼的重见天日，慢慢揭开了它神秘而古老的面纱，也宣布了它存在的事实。

原来，腔棘鱼早期是生活在淡水环境中的，它的祖先凭借强壮的鳍，努力地爬上陆地，其中一支腔棘鱼在历经磨难后，成功进化成陆生脊椎动物。而另一支腔棘鱼，因在陆地上屡屡受挫，甚至面临灭顶之灾，不得已又重新返回水中，并逐渐转向海洋生活。为了远离危险，它们在海洋中不断向深处游动，最后找到一个栖身之所隐藏起来，与陆地彻底告别了。

几千万年以来，腔棘鱼始终生活在海洋中，只不过它生存的环境是几百米以下的深海区域，这片水域严格来说并没有昼夜之分，阳光完全照射不到，食物稀少，水温偏低，水压强大，很多鱼类都难以生存，人类更是鲜少涉足。腔棘鱼把自己隐藏在深海的礁石洞穴中，寒冷作枕，黑暗为伴，长久的生存压力让它练就了一身捕食的本领。在食物严重匮乏时，它还能控制进食，并刻意降低自身新陈代谢的速度，以接近冬眠的状态生活。这一切生活习性的改变，都是腔棘鱼为了继续生存下去。

即使在这样恶劣的环境中，也无法阻挡腔棘鱼发育成体型庞大的鱼种。它尖尖的鱼头如金属那样坚硬，鱼鳞如铠甲一般紧实。特别引人注目的是，腔棘鱼的胸部和腹部各长着两只又肥大又粗壮的鱼鳍，看上去就像四肢，整条鱼显得强悍而凶猛。不仅如此，腔棘鱼很长寿，它的平均寿命为80岁至100岁，成为盘踞在海下几百米水域中的“隐形”霸主。

腔棘鱼在历经几亿年自然更迭的残酷考验中能够生存下来，离不开其祖先登陆时理智的放弃，更离不开其海底蛰伏千万年超乎想象的耐力。

生命，往往是一场自己和自己的较量。

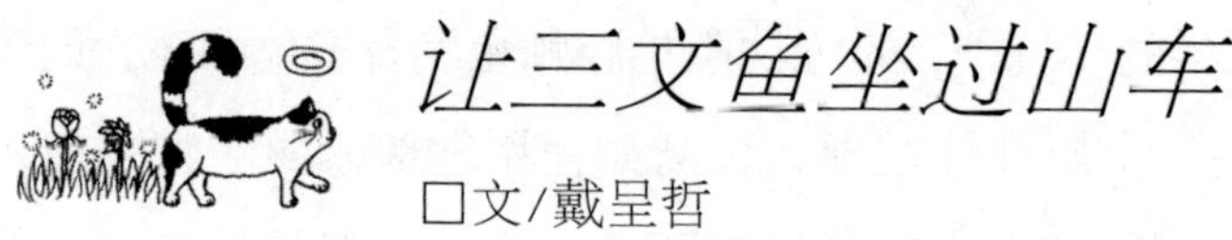

让三文鱼坐过山车

□文/戴呈哲

在国外社交媒体流传的一段影片中，三文鱼被工作人员从河流送进一段悬空的半透明管道，接着就像坐过山车一样，直接越过水坝及其他险峻水道回到上游。因为弹射出来的三文鱼形状很像炮弹，所以该管道也被戏称为“三文鱼大炮”。那么，人们为什么要让三文鱼坐过山车呢?

原来，这是为了帮助三文鱼生殖洄游，让它跨越大坝，迁徙回繁殖地。生殖洄游即产卵洄游，是鱼类产卵繁衍的必经之“路”。当鱼类的生殖器官发育成熟之后，脑垂体和性腺分泌的性激素会促使其成群结队地迁徙至特定的产卵场所。不同品种的鱼有不同的生活习性，其迁徙的距离和地点也各不相同。

在美国，由于生产和生活需要，政府在很多地方修建了大坝，这些大坝虽然给人类的生活带来了便利，但是阻隔了当地三文鱼的生殖洄游。在大坝修建之初，当地三文鱼繁殖率暴跌，很多环保人士为此极度痛心。

为了保护自然环境，人们开始想办法帮助三文鱼跨越大坝，顺利繁衍。起初，当地渔民会动用卡车、直升机等工具帮助三文鱼迁徙。有的地方则修建了水台阶，让三文鱼通过阶梯回到产卵地，或用升降机帮助三文鱼跨越大坝。

但是，这些方法并不方便，且在资金和人力等方面十分受限。于是，人们研制出了“三文鱼大炮”。这是美国一家科创公司的创意，利用管道内三文鱼身前后部的差压，推动三文鱼前进，同时管道内则注满空气与水雾，让三文鱼在快速输送时也能呼吸顺畅。这些曾经被农民用于运输水果的管道，能大大缩短三文鱼的生殖洄游过程。管道内装有的加速装置使三文鱼的滑翔速度最快能到每秒9.8米，每分钟能传送40多条三文鱼。

这种管道适用范围极广，且高度可依照地势灵活调整。目前，较高的管道搭建记录是30米左右，相当于10层楼高。科学研究显示，此管道输送方式在速度和气压方面对三文鱼无害，对其繁殖也无任何影响。相对于其他帮助三文鱼生殖洄游的方法而言，这种方法更加便捷，工作人员只需要搭建好管道，并把三文鱼放进管道即可，而三文鱼进入管道后就能快速到达产卵地。

人类从未停止弥补昔日对自然犯下的错误，这种助力三文鱼繁衍的技术也在不断进步。如今，这种新型“三文鱼大炮”已经可以让三文鱼自行游入管道，并以每小时35.4千米的速度高速“旅行”，一天就能送5万条三文鱼回到上游产卵。三文鱼的过山车之旅，仍在人与自然的和谐相处中继续。

春天拔茅针

□文/孙丽丽

茅针，就是茅草初生的芽儿。茅草生长的环境不同，有的土地干燥，有的土地湿润，长出的芽苞有胖瘦，长短不一。茅针一般是细圆锥形，大多数露在地面上，只有一小部分会藏在泥土中，所以有时茅针特别难拔。《本草图经》中记载：“处处有之。春生芽，布地如针，俗谓之茅针，亦可噉，甚益小儿。夏生白花茸茸然，至秋而枯。其根至洁白，六月采之。又有菅，亦茅类也。”

几场春雨过后，大沙河畔的茅草苏醒了，眉眼含笑。低头，你会发现枯萎的茅草丛中，钻出了嫩嫩的新叶，尖尖的，像一把把小匕首刺向蓝天。阳光清新明媚，在这些细长的草叶间，你若俯下身子细细地瞧，会发现玉簪似的被叶片包裹的茅草草茎，那是茅草的花苞——茅针。

那时，我常在河滩边，猫着腰，小心翼翼地拨开茅草丛，寻觅茅针。一旦发现茅针，我便揪住上端，一点点往上拔，一边拔一边念念有词，以免太心急，把茅针拔断了，等到茅针即将脱节时，再快速提拉，茅针就从茅草肚子里脱了出来。茅针，因为很像一根缝衣针，所以有了这个名字。《毛诗品物图考》中记载：“茅春生芽如针，谓之茅针。”

小时候，我对拔茅针有一种痴迷，目的不在于吃，而在于拔的过程，我和小伙伴常常拔得热火朝天，手上满是青滋气。大沙河畔的河滩是柔软的，那些茅草像铺了一层绿地毯，我和小伙伴一边拔一边吃。我们轻轻剥开一层层嫩黄的苞衣，像剥玉米般，这时展现在眼前的是雪亮的茅草花，它还在沉沉地做着梦呢。细细白色穗状的东西，柔软甘甜，我们把茅针送进嘴里嚼，嫩嫩的，甜丝丝的，有草的清香。可是，茅针能吃的时间极短，不过七八天左右。早了，那细细白色穗状的肉还没有形成；晚了，它就会变硬、变糙，吃起来没有那种淡淡的甜味，嚼不烂，也咽不下。

到了秋天，茅草根变得粗大，挖出来，淘净，茅草根的汁液是甘甜的。莫言有一部小说，里面写有吃草一族，以咀嚼茅草根为乐。小说里描写那些人咀嚼茅草根时的甘美，非常形象，我猜想，莫言小时候一定咀嚼过茅草根，否则写不出那么鲜活的文字。

其实，茅针在《诗经》中已有之。《诗经·邶风·静女》里记载：“静女其娈，贻我彤管。彤管有炜，说怿女美。自牧归荑，洵美且异。匪女之为美，美人之贻。”茅针谓之“彤管”，茅针尖端那微红的润泽如那胭脂般，是万绿丛中一点红的亮眼与热闹。古人也喜爱茅针，“茅针香软渐包茸，蓬櫑甘酸半染红。采采归来儿女笑，杖头高挂小筠笼。”宋朝范成大《晚春田园杂兴》里的茅针同样惹人喜爱。

老人说，清明吃茅针眼睛亮。每年草长莺飞，茅草一出青，小伙伴便一起寻茅针，解馋又好玩。河边背阴处，水气滋养，这样的茅针我们最喜欢。当春天渐入深处，茅草更加恣意地生长，茅针也渐渐老了，便没有什么吃头了。茅针长大，破叶而出，高高擎起绽放，像蓬松、毛茸茸的松鼠尾巴，在春风中摇曳，倒也婀娜，也让河岸多了一种荒凉的味道。

小时候，乡村有不少野生植物可以吃，除了茅针，还有芦根、桑葚、野梅子、野桃子……我的童年除了大自然，什么都没有，自然间的草木就是我的玩具，我是对大自然充满深情的人，因为草木陪伴了我孤独的童年。

在乡村度过童年的孩子，生命应该是丰满的。

把腰果赶出毒房了

□文/顾静怡

腰果，又名槚如树、介寿果，营养丰富，可以炒菜、药用、当零食，是全世界公认的四大坚果之一。据说，脑力工作者经常吃腰果能补脑和增强记忆力。当然，吃货对用腰果制作的美味更是垂涎三尺，如腰果大虾咖啡饭、腰果炒虾仁、西芹百合炒腰果、腰果鸡丁……

腰果属漆树科植物，原产于美洲，老家在巴西东北部的雨林中，是一种常绿乔木，树干笔直，高可达10米。16世纪，腰果被葡萄牙探险家发现，并带到了全世界，我国南方地区是腰果的主要种植区。漂洋过海的腰果很“争气”，它对土壤环境不挑不拣，不但在世界各地都站稳了脚跟，还成了人们饭桌上的美味佳肴，更是人们茶余饭后的最爱。腰果形状如腰子（肾），具有抗氧化、抗衰老、抗肿瘤、抗心血管病等作用。腰果有着丰富的营养价值，其脂肪含量高达47%，还有蛋白、碳水化合物、维生素B1、维生素B2和多种矿物质，同时富含锰、铬、镁、硒等微量元素，所以具有很大的药用价值。与众不同的是，腰果所含的脂肪多为不饱和脂肪酸，对高血脂、冠心病的患者有很大的食疗效果。

腰果分假果和真果两个部分，假果是花托形成的肉质果，真果则是生在假果上的坚果，果壳坚硬，果壳里面的果仁就是人们通常吃的腰果。腰果与榛子、核桃、杏仁一样，有着坚硬的外壳，但人们买到的腰果都是不带壳的，难道腰果的外壳也是宝，所以被“夺宝”了？非也。

其实，腰果壳是有毒的，甚至会危及人的生命。腰果壳的油脂中含有“漆酚”，接触这种物质不仅会让人出现皮疹等过敏症状，甚至会导致死亡。由于腰果果仁无毒，为了享受美味，并远离致命的毒害，人们千方百计地把腰果赶出“毒房子”。人们把腰果晒干，然后将它们放在火上炙烤，直到大部分有毒的腰果壳的油脂散去，果壳炸裂，才放心地取出果仁，美美地享用。当然，去壳是一项异常辛苦的工作，即使有手套的保护，工人也时常会受到腰果壳的毒害。不过，为了美味佳肴，人们也真的是拼了。

亲爱的南先生

□文/阿九

“亲爱的南先生，现在是2020年2月28日，为了保护您的安全，请允许人类将您送往舒适的新西兰生活区，系好您的安全带，前往家乡的航班马上起飞！”这场奇妙之旅来源于上海——新西兰航班最新发布的航空安全宣传片。事实上，早在2018年，南先生就搭乘过航班去往新西兰了。

南先生的全名是南秧鸡，有一双红色的腿，一个不长不短的喙，一双小小而机灵的黑眼睛，以及圆滚滚、胖嘟嘟的身体，大体上可以用八个字来形容：可可爱爱，没有脑袋。尽管南先生无法做到艳压全场，但他的远房亲戚——鹤可以，南先生隶属鹤目。他跟在新西兰生活的大部分鸟类一样，小小的翅膀无法让胖胖的身体在天空自由飞翔。

在新西兰这片土地上，存在南先生的理想居住地。南先生是一个安静的美男子，他喜欢凉爽、潮湿的环境，不然被阳光晒黑了可不是闹着玩的。除了气温和湿度之外，南先生更喜欢居住在肥沃的土地上，好土地才能长出好粮食，好粮食才能填饱肚子，这样才会使他的体重保持在一个稳定的水平，不至于损害他的美男子形象。冬天下雪后，南先生会把家搬到树林和灌木丛中，虽然已有羽毛和脂肪护体，但是找一个能遮风挡雨的地方更好过冬。南先生的主食是草木的茎叶，偶尔开荤吃吃昆虫，荤素搭配，小日子过得十分滋润。

南先生相信爱情，用情专一，“愿得一人心，白首不相离”。南先生觉得，有一个愿意嫁给他的“南小姐”，婚后再生一两个“南小朋友”，家中有0.04至0.4平方千米良田，这就是生活最幸福的样子。

南先生也是有故事的。南先生曾经有一个身材很苗条的表妹，叫北姑娘，全名是北秧鸡。可能是红颜薄命的缘故，北姑娘在20 世纪末就已经永远地离开这个世界。在这段时间里，南先生也曾与死神并肩走过。气候阴晴不定，喜怒无常，让南先生很难适应。人类踏上南先生的领地，带来哺乳动物，他们大量捕杀南先生们，使得南先生的种群奄奄一息。1982年，偌大的地球上，南先生只剩下118个兄弟姐妹。这时候，南先生感觉到了深深的无力和孤独。南先生开始了逃亡生活，既然打不过人类，那就只能拼命地离人类远一点，再远一点。

在南先生漫长逃亡岁月中的某一天，人类突然醒悟，开始在全世界找寻南先生的身影，并且为他提供理想的居住环境。人类将南先生送到没有入侵物种威胁的小岛上，一段时间过后，南先生渐渐又像以前一样活蹦乱跳了。作为补偿，人类选择用飞机将南先生送往故乡新西兰。

新西兰是物种多样性最高的国家，但也是入侵物种问题最严重的国家。于是在新西兰居住的人类，南先生等动物视为掌上明珠，为保护他们作出了巨大的努力。

南先生是幸运的，因为他现在仍然生活在这个世界上。我们也是幸运的，因为我们至今仍然能在世界的某个角落看见南先生的足迹。自从人类踏上新西兰这片土地，50种鸟类离开了这个世界，每年有多达2500万只鸟儿被捕杀。“往者不可谏，来者犹可追”，在向这个美丽的世界说抱歉之后，人类都应该尽力保护这个美丽的世界和生活在这个世界上的南先生们。

敬畏生命，敬畏自然。

铁定甲虫的护体神技

□文/张云广

甲虫是一种古老的物种，早在恐龙称霸地球之前就已经活跃在生物圈了。它们的前翅有坚硬的鞘翅，这种鞘翅（即背甲）以丧失飞行功能为代价，换来具有实际飞行功能的后翅，以及对身体其他部位的保护。

甲虫的种类繁多，大小不同，形态各异，但若设立一个背甲硬度最强排名榜的话，铁定甲虫“铁定”名列前茅。

铁定甲虫大多数生活在北美大陆西海岸的丛林中，那里有丰富的老旧树皮资源。真菌把菌丝送入树皮深处，铁定甲虫就把这富含营养的菌丝作为自己的美味，藏身隐秘之所，大快朵颐，不问世事。

没有强大的颚，没有剧毒的针，没有瞬间喷出的化学气雾，也没有飞行逃逸的能力，铁定甲虫的生存本领几乎都用在被动防御上。

诈死是铁定甲虫防御的策略之一。铁定甲虫的鞘翅外表凹凸不平，就像一小块天然岩石，再加上它还能将触角和腿部紧贴躯体，甚至能缩回初具凹槽特征的躯体中，更具貌似岩石的迷惑性，且降低外界之力破坏肢体的可能性。

以诈死求生毕竟要靠运气，真正意义上的防御还需要自身硬。

铁定甲虫属的十九种昆虫，每一种都是天生的抗压大师，动物的尖牙利爪不能将其穿透，人类的脚掌不能将其踩成扁形，即使是载重车辆也很难将其碾压致死，这得益于其身体的特定结构特征。

铁定甲虫的抗压能力极强得益于它背甲下方的一个空腔。这个空腔中没有重要的脏器，几乎是为了抗压而存在的。当外界压力不是特别大时，空腔的体积在外力作用下会被压缩变小，但此时身体脏器不会受到伤害。

如果外界压力进一步增大，超出了铁定甲虫通过压缩空腔所承受的范围，它会突然开启硬核对抗模式。作为背部护体装甲的鞘翅，密度接近或者达到一克每立方厘米，是一般甲虫鞘翅密度的两倍，甚至多倍。足够大的密度保证了铁定甲虫能够承受远超一般昆虫所能承受的外界力量。

除了密度上的优势之外，铁定甲虫在“缝制”它的背甲时，十分讲究科学工艺。步行昆虫的背甲都由两块背部鞘翅，再加上中间连接鞘翅的铰链接缝组成。其中，铰链接缝是最脆弱易毁的部位。有别于很多甲虫只采用一个类似于衣服拉锁的主锁齿结构，铁定甲虫的锁齿有数个之多，有效分散了外界压力。这种铰链是由富含蛋白质的层状微结构组成，在强压之下，层与层之间会出现空隙，以达到保护铰链锁齿的功效。这种复杂的结构更符合物理学抗压原理，具有坚不可摧的强度与韧度。

此外，在铁定甲虫的背甲和腹部护甲的连接之处，还存在一种类似于弹簧的松散结构，可以发生形变，这在一定程度上可以帮助它卸去一些压力。

由于材质极其致密，构造极其科学，铁定甲虫的背甲断裂载荷一路飙升到150牛顿，可以承受其体重约4万倍的外力。而大部分同类甲虫的背甲断裂载荷只在40牛顿到70牛顿之间，被铁定甲虫甩开好几条街。

“他强由他强，清风拂山岗；他横由他横，明月照大江。”被动防御的铁定甲虫颇像以深厚内功承受灭绝师太三掌之力而安然无恙的张无忌，任你啄抓碾压，我自分毫不伤。

飞行，我所欲也；防御，亦我所欲也。二者不可兼得，舍飞行而强防御也。铁定甲虫舍弃了飞行能力而成全了自己的“金刚不坏之体”，把“护体神技”修炼到登峰造极的境界，成为生物界一个不惧外力的硬核传奇！

船底的饕餮盛宴，你敢品尝吗？

□文/朱星瑜

无论是巨轮还是小船，航行久了，难免会附着许多海洋污损生物。尤其是航行在海洋里的船舶，大量的浮游生物和习惯于通过附着其他物体来生存的生物往往会寄生在船底。

这些体积并不大的生物成群结对地附着在船底，日久天长，越积越多，便形成了一种极为壮观的船底景象。但是，看见船底这些密密麻麻的“海鲜”，不知道有没有人敢大胆尝试。

船底附着的海洋污损生物主要由藻类等浮游生物和藤壶等甲壳动物组成，其中，最难清理的便是藤壶。藤壶有着极其强大的附着能力，岸边那些被海水浸泡的岩石上往往布满了密集的藤壶。不仔细看，会误以为它们和岩石是一体的。由于成年藤壶具有强大的附着能力，人们如果不采取“暴力”措施，根本无法清除它们。

船底的海洋污损生物实在令人头痛。首先，大量海洋污损生物的附着会逐渐增加船舶的负重，降低航行的速度，造成经济损失。数据表明，在这些海洋污损生物轻度附着时，船舶的油耗会增加10%至15%。当海洋污损生物重度附着时，油耗会增加2至3倍。其次，这些海洋污损生物自身分泌的各种化学物质也会对船体表面造成伤害。此外，假如这些海洋污损生物碰巧附着在船体的特殊部位，例如进排水口、螺旋桨等部位，会严重影响船舶的正常航行，甚至引起无可挽回的事故。

看到了吧，有些人眼里的美味“海鲜”，对船员与旅客来说，就是可怕的隐患。

定期给船舶进行维护，是船员必不可少的一项重要工作。目前，船员维护船底采用的方式基本分为两种。

第一种方法是提前在船底铺设防护涂层，常见的有以氧化铜为基料的对海洋污损生物有毒的涂料。可是这些化学物质会不断降解，对海洋环境终究有着不利的影响。在这样有毒环境下生长的藤壶和贝类，你敢碰吗？

第二种方法是定时清理船底，它分为坞内清洗和水下清理。坞内清洗就是排干坞内水后，清洗船坞，清理技术从最初费时、费力、费钱的坞内手工清洗，到利用磨料高速冲击的气体喷砂清洗，再到后来新出现的超高压水射流清洗技术，不断翻新迭代。而由于船坞数量不足、船坞维护时间成本等原因，水下清理也慢慢开始走上舞台。在现代科技飞速发展下，各种水下清理手段层出不穷，从水下机械人到声波声场，再到利用压力的空化水射流技术，着实给船舶清洗带来了前所未有的便利，不仅可以减少人力的投入，提高效率，且更加环保。

虽然清理海洋污损生物的技术飞速发展，但是人们从来没有把这些船底附着物当作美食来对待，反而清理起来毫不留情。说到底，这些来自海洋的“野味”可没有办法保证食用安全。更何况船舶四处航行，我们不知道如此大量的“海鲜”是来自哪片海域，病毒、病菌、寄生虫也许就藏匿其中。倘若因为贪图一时的“盛宴”而患病，实在是得不偿失。况且清理船底可算是一项大工程，一艘船舶的清理费用往往是百万元级别的，若花费巨资只为清理一批船底“海鲜”来享用，实在滑稽。

大自然给了人类许多馈赠，可如果人类不知感恩，反而变本加厉地向大自然索取，恐怕大自然给的绝美“盛宴”将变成鸿门宴了。

让帝企鹅在非洲草原上奔跑

□文/柳静

提到冰天雪地的南极，我们会联想到帝企鹅。它们可称得上是这银白世界里的小可爱，时而迈着憨笨的步伐步履蹒跚地行走在冰雪之上，时而欢快地畅游在海里，好一派欢愉的景象。

提到赤日炎炎的非洲，我们会联想到庞大的非洲象。在茂密的热带雨林中，它们拖着沉重的身体，时而躺在参天大树下乘凉，时而在小河边甩起长长的鼻子，喷洒着清凉的河水，消暑纳凉。

如果此时镜头突变，呈现在你眼前的是帝企鹅在非洲草原上欢乐地奔跑着、非洲象在南极冰雪上慵懒地散步，你是否觉得这样的画风很滑稽，有悖常理？然而，只要你启动它们体内的神奇通道，做到这些并非难事。

究竟是哪条神奇通道呢？原来，地球上每一个生命体的生存和繁衍都需要适应所处环境的温度，而动物适应环境温度的前提，是生命体对温度的精确感知。在多种动物的体内，瞬时受体电位离子通道家族的多个成员正发挥着温度感受器的作用。

什么是瞬时受体电位离子通道呢？它是一类在外周和中枢神经系统分布很广泛的通道蛋白，位于全身各处可被激发和不可被激发的细胞中。它们可以被多种刺激源启动，例如温度、压力、体积变化、震动、伸展，以及芥末、山葵、肉桂、大蒜、辣椒、薄荷醇、樟脑。其中，负瞬时受体电位离子通道负责各种感官的反应，包括热、冷、疼痛、压力、视觉和味觉。

近年来，中国科学院动物研究所的科研团队在理解动物的温度感知机制方面取得了一系列进展。尤其是在2020年，科研团队开展了关于动物低温适应机制的研究。例如，小鼠身体中的瞬时受体电位离子通道可以被小于28℃的低温启动，这是重要的冷感受器。当研究人员把冷敏感性低的帝企鹅体内的瞬时受体电位离子通道蛋白注射到冷敏感性相对较高的小鼠体内后，小鼠不仅更偏好低温环境，对低温的耐受程度也有所提高。由此可以看出，调控瞬时受体电位离子通道的冷敏感性，可以影响动物对环境温度的适应性。那么，同理推测，若把生活在炎热环境中的动物，如非洲象、跳鼠和双峰骆驼的体内打开强冷敏感性的瞬时受体电位离子通道，它们便能适应冰天雪地的南极环境；若把生活在寒冷环境中的动物，如帝企鹅、藏羚羊和牦牛的体内打开弱冷敏感性的瞬时受体电位离子通道，它们便能在非洲草原上奔跑。

那么，如何调控瞬时受体电位离子通道冷敏感性的强弱呢？

研究人员进一步发现，通过改变瞬时受体电位离子通道的孔区中氨基酸的疏水性，可以调控瞬时受体电位离子通道冷敏感性的强弱。疏水性弱，体内水分子热运动缓慢，外界不容易带走动物体内的热能，这样动物便能在寒冷地区更好地生存；疏水性强，体内水分子热运动加强，能快速发散动物体内的热能，这样动物便能在热带地区更好地生存。

随着科技的发展，我们可以宏观地调控地球家园上的不同动物在跨地域的环境里生存。这在辅助物种更好地适应它们所处的环境温度的同时，也保护了更多的稀有物种繁衍生息。

当动物遇见温度变化……

□文/猫头鹰

一到冬天，家里养了暹罗猫的铲屎官们就会纷纷晒出自家主子的“黑脸”照片。在秋天还是白白胖胖的猫，在温度降低后竟化身黑猫警长。看着变色后更加可爱的暹罗猫，一个有趣的问题浮现在人们的脑海中：它为何身怀此绝技？

暹罗猫的变色能力，归功于合成酪氨酸酶的基因——TYR基因。TYR基因参与了动物体内黑色素的合成与色素沉积，酪氨酸酶的活性越高，黑色素越多，动物毛发的颜色越深，反之则越浅。暹罗猫体内的TYR基因发生了突变，导致酪氨酸酶出现缺陷。但这种缺陷并不会让酪氨酸酶完全失去作用，而是使其无法在体温正常的情况下发挥功效。一旦皮肤处于温度较低的环境中，酪氨酸酶的活性增强，原本雪白的暹罗猫就会变成“煤矿工”了。这种变色能力并非暹罗猫一家独有，喜马拉雅兔也毫不逊色。冬天温度降低时，喜马拉雅兔距离心脏较远的四肢，特别是一对白白的长耳朵会完全变成黑色。尽管四只毛茸茸的兔爪、小巧的鼻子和一对长耳朵都变成了黑色，喜马拉雅兔却因此变得更可爱了。

对人类来说，夏天可以吹空调，只要不出门，温度再高也不怕。那么，在大自然生活的动物们，它们要如何度过炎热又漫长的夏季呢？

居住在非洲撒哈拉沙漠的大象由于长时间生活在炎热的环境中，已经学会了一套应对夏天的妙招。大象的两只蒲扇似的大耳朵是全身皮肤最薄的地方，血管丰富，血液流经耳朵后，动一动耳朵，热气就被扇跑了。除此之外，大象还有一个独家的防晒秘方。每次洗澡后，大象趁着水分还保存在皱巴巴的皮肤里时，会将沙子涂抹在身上，或者直接去泥塘打个滚。这就相当于擦了一层天然防晒霜，既可以防太阳暴晒，又可以防蚊虫叮咬。通过这样的防晒小技巧，大象就可以过一个凉爽的夏天啦!

可有些生物在进化中不像大象那样掌握了散热的方法，它们是如何面对不适宜的温度呢?

如果没有办法抵御外界特殊温度的话，那不如睡一个懒觉，醒来时已经到气候宜人的春天了呢，果蝇就深谙此道。

果蝇体内存在一种温度计式的神经回路，可以将外部温度信息传递给大脑，抑制大脑中促进清醒的神经元细胞。果蝇触角上有一类神经细胞专门报告外界温度，若低于舒适温度25℃，这种神经细胞就会持续向大脑发出寒冷信号。果蝇大脑中睡眠和觉醒周期控制中心的神经元接收到寒冷信号，便会阻止果蝇清醒。如果早晨太冷的话，果蝇肯定不会早早起床。

温度不仅影响着生物的毛色和感知能力，甚至还能决定生物的性别。一般而言，生物的性别是由遗传物质决定的。但自然界有这样一群生物，它们的性别取决于出生时的温度。对奥利亚罗非鱼来说，温度在34℃时，97.8%的后代是雄性；温度在27℃时，则63%的后代为雄性。

我们熟悉的小海龟，性别也是由出生前的温度决定的。在温度较高的海域，90%以上的小海龟为雌性；而在温度较低的海域，雌性小海龟的比例明显降低。在调查过程中，研究人员还发现了一个令人担忧的现象：由于全球变暖，澳大利亚大堡礁北部生活的幼年雌性绿海龟比例大大增加，这对绿海龟族群的繁衍十分不利。

对站在食物链顶端的人类来说，温度变化带来的大概只有不同季节的美景和美食了。春有百花与青团，夏有凉风西瓜甜，秋月当空瓜果香，冬雪素裹过大年。

致松鼠的一份闯关邀请函

□文/王培贤

大洋彼岸，前美国国家航天航空局工程师马克·罗伯开启了宅家模式。

由于宅在家里太久实在无聊，罗伯突发奇想：后院的小鸟怪可爱的……于是，他买了一个鸟类喂食器，挂在院子里，想吸引可爱的小鸟来饱餐一顿，自己则躲在屋里，架好相机和望远镜，暗中观察。

可是，鸟类喂食器里的食物总是不翼而飞，这绝不会是小鸟的手笔！在又一次的观察中，罗伯终于发现了这群小窃贼：原来是松鼠！为此，他专门购买了防松鼠鸟类喂食器。可好景不长，专业级的防松鼠鸟类喂食器也接二连三地败下阵来。松鼠们在大大咧咧地摸索一番后，竟能直接打开喂食器的盖子，连吃带藏地把里面的美食一扫而光！这让罗伯想起了电影《侏罗纪公园》中会开门把手的迅猛龙……

“是可忍，孰不可忍”，罗伯决定跟松鼠斗争到底。他把自家后院作为赛场，设置了多个“史诗级”难关，不仅有空中吊桥、千折迷宫、翻滚旋叉，甚至连美人计都用上了——一只有着烈焰红唇的松鼠布偶。当然，闯过重重关卡之后的奖励也非常丰厚。罗伯为松鼠们准备了特殊奖品：终点处自动喷洒出的一大堆核桃仁和两面祝贺彩旗。

好了，战书已经下达，接下来有请一号选手隆重登场：机智却胆小的瑞克。它面临的第一个关卡是空中吊桥。瑞克出发了，它从容的步伐好像在表达：我倒要看看这次“两脚兽”又给我整了什么幺蛾子！

然而，帅不过三秒，瑞克在晃来晃去的空中吊桥上寸步难行，摇摇欲坠的好像在说：“稳住，我能行……还是算了。”瑞克悻悻地返回起点，稍加思索之后，忽然飞身一跃，竟是一招大鹏展翅，直接潇洒地飞进了第二关！

谁说一定要爬过去？没想到吧，咱会飞！紧随其后的二号选手马蒂深得精髓：直接飞！最后，它也顺利地进入第二关。三号选手是胆子大，但有点憨憨的弗兰克，它凭借坚韧的毅力硬生生地爬过了空中吊桥。

最后一位是罗伯喜欢的“重量级”选手菲尔·古斯，我们叫它“肥古斯”好了。肥古斯是一名酷酷的选手，每当它看到相机就会摆出蜘蛛侠的招牌动作。它还很贪吃，而且是躺着吃，举手投足间都透露着强者的从容。

第二关千折迷宫，是在木盒子中放置挡板障碍制成的迷宫。这简直是送分题，四位选手毫不拖泥带水地飞快通关，直接进入第三关翻滚旋叉。在不停转动的障碍物前，瑞克和马蒂小心翼翼地试探了一番才通过，胆大的弗兰克直接过关，肥古斯更是行云流水地灵活穿过。

第四关是利用松鼠布偶吸引选手的注意力，一旦松鼠在木板上停留超过三秒，就会被整只弹飞，只能重新开始闯关。首先到达的瑞克选手本能地怀疑这个“美女”，它只在木板上待了很短的时间就跑开了，而它的好朋友马蒂……好吧，马蒂被弹飞了。不过，这一关还是没能拦住一心为了吃的松鼠选手们。

经过两天激烈的人与松鼠之间的斗智斗勇，松鼠们已经摸清了“两脚兽”的招式，甚至玩得不亦乐乎。最后，它们都如愿以偿地吃到美味的核桃仁。罗伯则心满意足地接受了落败的结果，并且与松鼠们建立了深厚的友谊。哎？说好的观察小鸟呢？

后来，罗伯拆除了欢乐大闯关，还在后院给这些松鼠们准备了乘凉吃零食的好去处。或许，之后松鼠们唠嗑的时候会吐槽：“为了吃个工程师的核桃仁，我们真是太难了！”

番麦高撑杵，香蒿细缀珠

□文/凉月满天

清代马国翰在《宿马蹄掌偶吟》里写道：“番麦高撑杵，香蒿细缀珠。”番麦高高地支撑着它们的身躯，香蒿上缀着细细密密的“珍珠”。番麦就是玉米。

电视剧《甄嬛传》中，甄嬛的父亲被发配到宁古塔，甄嬛拼了命也要把父亲救回来，因为那个地方寸草不生，五谷不长。其实，那个地方是长玉米的。清代富尔丹编写有《宁古塔地方乡土志》，里面有这样的记载：“玉蜀黍，茎叶似蜀黍，子藏包中，俗呼包儿米。”

蜀黍就是高粱，玉蜀黍就是玉米。玉米茎叶确实和高粱差不多，只不过玉米矮壮些，高粱细高挑儿。

清代有关玉米的说法不少，清代刘灏在《广群芳谱》中写道：“玉米或称玉麦或称玉蜀秫，从他方得种，其曰米、麦、秫皆借名也。”清代洪亮吉在《宁国府志》中写道：“杂粮曰苞芦：一名六谷，又名玉米。流民赁垦包芦，有妨河道。嘉庆十二年奉旨查禁。”

为什么清代提到玉米的时候多？因为玉米是在明代后期才传入我国宁夏地区，直到清代中晚期才在全国广泛种植。中国最早对玉米的记述是嘉靖三十九年（公元1560年）的《平凉府志》，当时叫它番麦。李时珍着的《本草纲目》也记载有“玉蜀黍种出西土，种者亦罕”，说明当时种植玉米的人很少。

自家院落种了几畦菜，有玉米种子落进土里，长出了几茎玉米苗。刚开始嫩绿得能看见叶脉，日长日大，逐渐拔节粗壮，也不曾管它，居然一个个的，怀里都搂上了戴红缨帽的娃娃。母亲坐在台阶上，说：“等它熟了，就能煮着吃了。”

收获的那几日，日子过得很是丰富，长豆角在架子上长起来了，黄瓜也在架子上长起来了，我们每天在菜畦里钻着掐豆角，寻黄瓜——不寻不行，有的黄瓜特别爱捉迷藏，藏在宽大的叶片后面，偷偷长得肥胖。

我掐了满把的长豆角，寻了三四根黄瓜后，放在台几上，转过头又可以转着圈掰玉米。这个太嫩，让它再长长；这个老了，得赶紧掰下来。然后，晚饭就有了：炒豆角、拌黄瓜、煮玉米。最寻常不过的农家饭菜，我当年也曾这么吃，时隔三四十年，又自种自收地吃上了。

玉米茎株本就粗壮，一棵棵密不透风地排列在田野里，一副肩宽背厚的样子。在玉米地里锄草、施肥、浇水是苦差事，大夏天的，农人要穿着长袖衣裳和长裤下地，脸上也要蒙一层纱巾护住脸和脖子，实在是玉米叶子太锋利，一不小心能把手上的皮肉拉一道口子。饶是如此防护，手上也不免被宽大的叶子扫得伤痕累累。

收玉米有两种法子，一种是把玉米整个砍倒拖到地头，地头专门有包着头巾的妇女一个一个把玉米掰下来。当地里只剩下玉米茬子，这时在田里走动一定要注意，玉米茬子快逾利刃。

另一种是让玉米站着，然后人们开始掰。被掰了的玉米实在可怜，怀里的孩子没有了，只剩下一张张撕得凌乱的玉米皮。

收下来的玉米人们用小拉车、大马车拉回去，黄黄白白的，如同山积，摊在场院里晒干了，再倒回家去。晚上，家里人就有活干了：围着一个荆条编的筐，把玉米一点一点往下“泥”，这个“泥”读四声，就是用手一下一下地把玉米从轴上搓下来。

一个玉米，珠玉排满，哪有那么容易搓的，所以就诞生了一种特别简单的工具——一个长木块子上，安上一个钉子，玉米从上往下一过，“刷拉”一声就被啃下一条来。再“刷刷”两声，啃出两条，这样有了缺口的玉米，就好“泥”了。但此时还不能直接用手搓，要不然不一会儿的工夫，手就会疼得火烧一样。这时，要另拿一个玉米，两个对搓，有了缺口的玉米粒子就哗啦哗啦往下掉，没有缺口的玉米就充当“他山之石，可以攻玉”的那个“石”。但是搓着搓着，它也会往下不规则地掉些粒子：搓好了，另拿一个完好的，继续两个对搓，就这样一个对一个地循环搓下去。

我小时候不喜欢吃玉米面，因为那时一天三顿见不着白面，玉米面吃多了拉嗓子。如今，我挺喜欢偶尔吃一次炒豆角、拌黄瓜配玉米粥和煮玉米，这是因为饭桌上总是大鱼大肉。生活好了，我们才会把粗食当享受。

伍德苏铁的孤独

□文/晚星

如果让普通人列举10种濒临灭绝或者已经灭绝的生物，那这10种生物里很可能都是动物，几乎没有植物什么事儿。不过，有一棵树却以“全世界最孤独”为名片，让人们迫切地想要为它找个伴侣，繁衍后代。

1895年的一天，英国植物学家约翰·梅德利·伍德在非洲南部祖鲁兰诺耶森林散步时偶遇了这棵树。它坐落在森林边缘的一个陡峭斜坡上，与周围环境格格不入。它的树干无比粗壮，从顶部看就像一棵棕榈树，但它既不是棕榈，又不是其他常见的树木。

当时，伍德拔下了这棵树周围的几株吸芽，并将其中一株寄往伦敦邱园。之后，这种树就以发现者的名字命名，称为伍德苏铁，是苏铁家族的一员。只是让人没想到的是，一个多世纪过去了，人类还没有发现另一棵伍德苏铁。

即便在最初被发现时，伍德苏铁看上去是数量可观的四棵，但这四棵树其实是同一棵，均属于主树的克隆体，基因与母株几乎一模一样，属于无性繁殖。而伍德苏铁是雌雄异株的植物，这意味着它们需要另一半来传宗接代，可这株仅存于世上的伍德苏铁是雄株。

在环境适宜的条件下，苏铁雄株每年在固定季节都会开出鲜艳的橙黄色圆柱形“雄球花”，长达20至40厘米，也叫小孢子叶球，雌株长出的“雌球花”叫大孢子叶球，形状更像一个球。可惜，伍德苏铁无论开多少次花、产多少花粉，送出去的“情书”永远不会收到回信，也无法形成种子。

据记载，最早的苏铁类化石可以追溯到2.8亿年前的二叠纪。那时，苏铁的足迹遍布全球，与恐龙一起称霸地球。不过，几乎所有现代苏铁的叶子都具有毒性很高的苏铁苷毒素。科学家认为，苏铁在早期的演化中就已经演化出了这种有毒的叶子，目的是使自己免受巨大食草动物的侵害。在一些恐龙化石的消化道内，科学家曾发现过被吞下的苏铁种子，而这些种子也都保留较为完整的种皮，证明苏铁种子是被囫囵吞下的，并没有经过咀嚼咬碎。我们可以想象，苏铁类植物正是利用这种方式，让恐龙不仅不会中毒，还能帮助自己完成传宗接代的任务。

可是，即便熬过数次物种大灭绝，苏铁类植物终究还是没落了。它们有不少致命的缺点，比如生长周期太长，对环境的要求很高，种子硕大导致传播困难，且发芽率极低。都说“铁树开花，千年一遇”，虽然不是真的千年才开花一次，但也是极其不易。

目前，世界上仅存的苏铁类植物只剩三百多种，其中绝大部分的情况都不太乐观，随时可能消失。和其他苏铁家族的成员一样，伍德苏铁也逃不过命运的安排，现今在全球范围内，虽然已有超过500棵伍德苏铁，但这些植株实质上也都为同一棵雄树。生物学家理查德·福迪形容道：“它就是这个星球上最孤独的生物。”因为苏铁本身是一种特别长寿的植物，从这点来看，伍德苏铁完全应了那句史上最恶毒的诅咒——长命百岁且孤独终老。

现在，植物学家仍在努力寻找一棵雌性的伍德苏铁，但是一直找不到，怎么办呢？对此，科学家也有破局的办法，那就是帮它跨种找伴侣。

在非洲，有一种与伍德苏铁亲缘较近的苏铁，名为内尔塔苏铁。植物学家通过“回交育种”的方式，使得伍德苏铁与内尔塔苏铁杂交获得大量的雌性后代，继续与唯一的伍德苏铁雄株杂交。理论上，我们获得的雌株将会无限接近于人类想要得到的原来物种，但事实上，这是一个极其漫长的过程。毕竟，要想完成一代苏铁的传宗接代，需要十几年的时间。而更让人感到无奈的是，这样培育出来的“伍德苏铁”也只是无限接近伍德苏铁的个体，我们依然无法获得纯正的伍德苏铁。除非，在南非某处的有一棵纯正的雌性伍德苏铁愿意露面。